Stephan Scholtissek, Jahrgang 1959, ist promovierter Biochemiker und gehört als Sprecher der Geschäftsführung von Accenture Deutschland zu den Top-Managern des Landes. Er hat mehrere Fachbücher geschrieben, »Stromland« ist sein erster Roman. Zusammen mit seiner Familie lebt Scholtissek in München.

Stephan Scholtissek

STROMLAND

Roman

| Hoffmann und Campe |

1. Auflage 2006

www.hoca.de
Umschlaggestaltung und -illustration:
Steigenberger Grafikdesign, München
Satz: Buch-Werkstatt GmbH, Bad Aibling
Druck und Bindung: GGP Media GmbH, Pößneck
Printed in Germany
ISBN (10) 3-455-06747-6
ISBN (13) 978-3-455-06747-7

HOFFMANN
UND CAMPE

Ein Unternehmen der
GANSKE VERLAGSGRUPPE

Prolog

Der überalterte Billigflieger wurde von heftigen Turbulenzen geschüttelt, aber Sven Laufer bekam kaum etwas davon mit. Er hatte sich aus dem Archiv der angesehenen *Economic Times* einen acht Monate alten Artikel auf dem Bildschirm seines eMobileOffice geholt. Zehntausend Meter über dem fruchtländischen Ozean las Sven auf dem eMO eine faszinierende Story aus Stromland, seiner Heimat, die er vor knapp zwanzig Jahren in Richtung Fruchtland verlassen hatte, eine Geschichte, die im früheren Stromland undenkbar gewesen wäre.

> EINE IKONE DES ZWEITEN STROMLÄNDISCHEN WIRTSCHAFTSWUNDERS
>
> Seestadt/Stromland, 10. Mai 2019. Wie sich die Zeiten ändern: Stromland feiert wieder einmal eine bahnbrechende technologische Innovation und einen visionären Unternehmer, diesmal in Hilfoding am Filzhutgebirge. Kein Zweifel, das eCoupé und Jan Brinkmann stehen für das neue stromländische Wirtschaftswunder, für kreativen Schöpfergeist, mutiges Handeln und interessantes Leben. Arbeitsplätze, Unternehmen, Kapital, kluge Köpfe und Innovation wandern zwar, aber sie wandern nicht mehr weg aus

Stromland, sondern hin nach Seestadt, Glasturmstadt oder auch Hilfoding. Binnen knapp zweier Dekaden wurde Stromland vom verkrusteten Wachstumsschlusslicht wieder zum dynamischen Pionier – ein zweites Wirtschaftswunder.
Begleitet von Dvořáks Sinfonie »Aus der neuen Welt«, feierte internationale Prominenz aus Wirtschaft und Wissenschaft, Kultur und Politik in der hypermodernen Fabrikhalle in Hilfoding am Filzhutgebirge den jüngsten stromländischen Geniestreich, das eCoupé, und seinen Schöpfer, den jungen Automobilkonstrukteur und Unternehmer Jan Brinkmann (28).
Designt wie ein lang gezogener Tropfen, dreht sich der silberfarbene Prototyp auf seiner Plattform wie ein schimmerndes Fundstück aus einer anderen Welt. Zumindest der Berichterstatter aus dem Ausland glaubt sich auf einen fernen Planeten versetzt, denn vieles, was im neuen Stromland selbstverständlich scheint, ist für die meisten anderen Länder noch Zukunftsmusik: die Magnetschwebebahn, allgegenwärtige Elektronik-Komponenten, die noch dem stupidesten Alltagsgerät künstliche Intelligenz einhauchen, und nun auch dieses futuristische eCoupé.
Die Festredner in Hilfoding überbieten einander mit Superlativen. Alle sind sich darin einig, dass dem hoch begabten Elektronik-Ingenieur und seiner innovativen Kreation eine grandiose Zukunft bevorsteht. Viel Lob für einen jungen Mann, der sich aus schwierigen Verhältnissen emporgearbeitet hat – und für ein Auto, von dem momentan noch nicht viel mehr als der Prototyp existiert. Doch Jan Brinkmann zeigt sich überzeugt, dass er mit seinem neu gegründeten

Unternehmen Brinkmann eAutomobile Technics, kurz BeAT AG, nichts Geringeres leisten wird als »die Wiedergeburt des Individualverkehrs in einem Land, dessen Erfinder und Unternehmer vor hundertfünfzig Jahren die ersten Automobile entwickelt und produziert und damit einen der wichtigsten Grundsteine für den Aufstieg Stromlands in die Liga der stärksten Industrienationen gelegt haben«.

An diese alten Tugenden und Stärken soll BeAT mit der Serienproduktion des eCoupés anknüpfen, die noch in dieser Woche starten soll. Zug um Zug will Brinkmann in zwei weiteren Fabrikhallen das Angebot bis zum Jahr 2025 erweitern: Auf das zweisitzige eCoupé, das alles enthält, was derzeit an hochkarätiger Technologie auf dem Markt zu finden ist, sollen mindestens drei weitere Autotypen für jeden Bedarf und Geldbeutel folgen – eine eVan-Reihe, eine eLimousine und ein eModulCar, das sich je nach Bedarf im Handumdrehen verwandeln lässt: vom platzsparenden Stadtflitzer zum Cabrio oder zu einem kleinen Pick-up für Handwerk und Einzelhandel. Wenn die Prognosen auch nur halbwegs zutreffen, werden in der ohnehin schon boomenden Region bis 2025 mindestens zehntausend neue Arbeitsplätze entstehen – bei BeAT und vor allem in der Zulieferindustrie.

Dabei schien das Auto viele Jahre lang eine Technologie von gestern zu sein, deren Potentiale mehr oder weniger ausgereizt waren. Mit dramatisch steigenden Ölpreisen, mit seinem üppigen Energiedurst und den unvermeidlichen Emissionen an Lärm und Schmutz hat das herkömmliche Auto gerade in Stromland drastisch an Beliebtheit und Marktanteilen eingebüßt, seit zwischen der Großen Heringsee und dem Filzhutgebirge in Rekordtempo ein flächendeckendes Magnetschwebebahn-Netz aufgebaut worden ist. Aber die sprichwörtliche Leidenschaft der Stromländer für das Automobil ist gleichwohl nie wirklich erloschen. Seit Jahren prognostizieren Marktforscher eine Renaissance der individuellen Fortbewegungstechnik – einen Boom, der einsetzen werde, sobald Forschung und Industrie zwei Grundprobleme des Elektroautos in den Griff bekommen hätten.

Vorstudien zu Autos mit Elektromotoren wurden seit den 1970ern auf internationalen Messen vorgeführt und verschwanden regelmäßig wieder in der Versenkung. Denn diese Vehikel waren allesamt viel zu leistungsschwach, und schon nach wenigen Kilometern ging ihnen gänzlich die Puste aus, weil auch keine Akkus mit angemessener Speicherkraft zur Verfügung standen. Doch diese beiden Probleme, an denen sich Generationen von Ingenieuren die Zähne ausgebissen haben, hat das stromländische Jung-Genie Jan Brinkmann zusammen mit seinem Ingenieurteam nach einhelligem Urteil der Forscher mit einem Schlag gelöst.

Sein eCoupé verfügt über einen Antrieb von unbändiger Leistungskraft, der den Wagen innerhalb von weniger als zehn Sekunden auf 200 km/h beschleunigen kann. Und mit seinen speicherstarken Akkus, die sich während der Fahrt aus eigenproduzierten Energieüberschüssen sowie durch neuartige Solartechnik kontinuierlich selbst aufladen, stellt das eCoupé beinahe so etwas wie das legendäre Perpetuum

Mobile dar. Gleichzeitig garantiert die intelligente Technik an Bord nicht nur Komfort für allerhöchste Ansprüche, sondern auch Sicherheit in fast jeder Situation: Die vorausschauenden Bordsysteme sollen in der Lage sein, nahezu jede Unfallgefahr rechtzeitig zu erkennen und durch angemessene Maßnahmen zu entschärfen.

Wer ist nun dieses Ausnahmetalent, das im In- und Ausland bereits als jüngste Ikone des zweiten stromländischen Wirtschaftswunders bezeichnet wird? Noch vor zwanzig Jahren hätte einer wie Jan Brinkmann in Stromland kaum eine Chance bekommen. Seine Mutter, die selbst aus einfachen Verhältnissen stammt, war gezwungen, sich und ihren Sohn mit mäßig bezahlten Jobs durchzubringen, nachdem Jans Vater die kleine Familie verlassen hatte. Brinkmann erinnert sich noch gut an seinen Erzeuger, den er mit sieben Jahren zum letzten Mal gesehen hat. »Mein Vater hatte geschickte Hände, aber weder Ehrgeiz noch Realitätssinn«, sagt er heute. »Meine Mutter und er haben beide nicht mal einen Hauptschulabschluss. In unserer Wohnung gab es keinen PC, geschweige denn einen Internetanschluss, und das einzige Buch im Haus war das Telefonbuch.« Im Stromland der 1990er Jahre wäre sein Weg damit normalerweise vorgezeichnet gewesen – den Nachteil der sozialen Herkunft hätte er durch Talent und Willenskraft vielleicht noch ausgleichen können, aber höchstwahrscheinlich wäre seine herausragende technische und unternehmerische Begabung niemals entdeckt oder gar gefördert worden.

Doch Jan Brinkmann hatte Glück: Er wurde von den

Talentsuchern einer Stiftung entdeckt und gefördert, die damals ihrer Zeit weit voraus war, einer Stiftung, deren erklärter Zweck die »Förderung des Elitenachwuchses aus sozial schwachen Familien« ist. Und nur deshalb konnte Jan Brinkmanns Werdegang so verlaufen, als ob er bereits im Stromland des neuen Jahrtausends geboren worden wäre: Ganztagsplatz in einer Kinderkrippe ab dem sechsten Lebensmonat. Schon die Erzieher des Dreijährigen bemerkten, wo Jans besondere Stärken lagen. Danach gezielte Frühförderung mit intensiver individueller Betreuung. Auf der Ganztagsschule übersprang Brinkmann eine Jahrgangsstufe, machte mit sechzehn Abitur, hatte mit achtzehn sein Ökonomie- und Ingenieurstudium beendet und zu dieser Zeit bereits eine Reihe viel versprechender Erfindungen auf dem Gebiet der Automobiltechnik zum Patent angemeldet und selbst unternehmerisch vermarktet.

Zwei Jahre später legte er verschiedenen Venture-Capital-Firmen sein Unternehmenskonzept vor: Gründung der BeAT AG, Entwicklung des eMobils zur Serienreife bis Ende 2019, Produktion der ersten Typenreihe ab 2020, der zweiten und dritten bis 2025. Möglich werden sollte dieser Kraftakt durch Zusammenarbeit mit etwa zwanzig Zulieferern aus allen benötigten Sparten. Nicht weniger als sieben Beteiligungsgesellschaften waren bereit, Brinkmanns ehrgeizige Pläne mit Wagniskapital zu unterstützen – der Jung-Unternehmer kombinierte drei verschiedene Angebote, heuerte zwei Dutzend Elektronik- und Autospezialisten an und begann mit der Entwicklung des Prototyps. Parallel dazu wurde in Hilfoding be-

reits die erste Montagehalle mit einer Produktionsanlage auf allerneuestem Stand errichtet, damit man sofort mit der Serienfertigung beginnen konnte, wenn der Prototyp freigegeben würde.
Und just diese Etappe eines atemberaubenden Prozesses ist am heutigen Tag erreicht, an dem internationale Top-Gäste den silbernen Tropfen bestaunen und beklatschen, aus dem das stromländische Automobil wiederauferstehen soll – und wird. Denn schon jetzt gibt es tausende von Bestellungen nicht nur aus Stromland, und wieder ist klar: Viele spezialisierte Unternehmen und Forschungsinstitute aus dem In- und Ausland siedeln sich im Umfeld von Jan Brinkmanns BeAT an, wollen mitgestalten und selbst innovativ sein. Ein neues Kapitel des stromländischen Märchens hat begonnen.

1

Sven Laufer saß an seinem Schreibtisch im siebzehnten Stock eines schlanken Büroturms am Rand der fruchtländischen Hauptstadt. Der Ausblick von hier oben war atemberaubend – nach Norden hin ein Ozean aus Häusern und Straßen, während im Süden das Meer am Horizont schimmerte. Sven war bestens gelaunt, daher pfiff er eine kleine Melodie, während er seine Papiere und ein paar private Kleinigkeiten in einen Pilotenkoffer packte. Obwohl sein Arbeitsvertrag erst in sechs Wochen auslief, würde er nach menschlichem Ermessen nie wieder einen Fuß in dieses Unternehmen der Elektrobranche setzen. Und das bedeutete, dass er seine Sache gut gemacht hatte.

In einem anderen Land oder einem früheren Jahrhundert wäre Sven Laufer vielleicht Psychologe oder Seelsorger geworden, denn er besaß die Fähigkeit, anderen Leuten wirklich zuzuhören. Die Menschen spürten schnell, dass er ein echtes Interesse an ihren Problemen und Ansichten hatte und dass er darauf brannte, ihnen zu helfen. Deshalb vertrauten sie ihm ihre Ideen und Sorgen bereitwillig an, und die meisten erzählten ihm sogar sehr viel mehr von sich selbst, als sie normalerweise einem Fremden gegenüber preisgaben. Und was sie trotzdem vor ihm geheim zu halten versuchten, das konnte Sven meistens dennoch erraten.

Die unzähligen Gespräche, die er mit Leuten in Fruchtland und vielen anderen Ländern geführt hatte, hatten sein Ohr für Zwischentöne und versteckte Botschaften geschärft.

Aber Sven Laufer war kein Psychologe und auch kein Seelsorger. Vor zwanzig Jahren war er nach Fruchtland ausgewandert, und so sonderbar es auch klingen mag: Hier waren fast alle Leute mit sich selbst und ihrem Leben ziemlich zufrieden. Also kam auch kaum jemand auf die Idee, sich auf die Linderung von Kummer und Trübsinn seiner Mitmenschen zu spezialisieren. Natürlich wurden die Leute auch in Fruchtland hin und wieder von Sorgen heimgesucht, aber dieses lähmende Sackgassengefühl, das damals mehr oder weniger jeden Stromländer befallen hatte, war hier praktisch unbekannt. Anstatt sich Trübsinn oder Bitterkeit hinzugeben, krempelte man lieber die Ärmel hoch und bot den Herausforderungen des Lebens die Stirn. Es war geradezu eine Lieblingsbeschäftigung der meisten Fruchtländer, Widrigkeiten zu meistern, Hürden zu überspringen und Lösungen für scheinbar unlösbare Probleme zu finden. Ihre Vorfahren hatten erst vor ein paar hundert Jahren die fruchtländische Wildnis bezwungen und Städte und Häfen an Küsten und Flussufern errichtet, die vorher niemals besiedelt worden waren. Und der zupackende Geist dieser wagemutigen Pioniere schien in ihren Nachkommen immer noch lebendig zu sein. Deshalb hatte Sven ja als junger Mann alle Brücken hinter sich abgebrochen und war von Stromland ans andere Ende der Welt gezogen, und deshalb zog es ihm bis heute den Magen zusammen, wenn er auch nur das Wort Stromland hörte.

Aber glücklicherweise war er hier ja in Fruchtland, viele tausend Kilometer von der alten Heimat entfernt. Sven klappte sein eMobileOffice zu und schob es in den Koffer. Jetzt war die Schreibtischplatte vor ihm so leer wie die Wunsch- und Sorgenliste seiner Auftraggeber. Dabei hatte er auch bei diesem Engagement einfach das getan, was er immer machte, wenn man ihn um Beistand bat. Er war in dem Unternehmen herumgewandert, hatte sich alles angesehen und mit unzähligen Leuten geredet. Von den Managern hatte er sich erzählen lassen, wie ihrer Ansicht nach die Produktions- und Verwaltungsabläufe organisiert waren, und dann hatte er herauszufinden versucht, wie diese Prozesse in der täglichen Praxis tatsächlich funktionierten. An welchem unscheinbaren Punkt sich die Fäden auf eine Weise ineinander verhedderten, die zur Produktion von Elektroschrott anstelle von mustergültigen Scheinwerfern oder Schaltern führte.

Denn Sven war ein Spezialist für Arbeitsabläufe und zwischenmenschliche Probleme in Unternehmen. Seine Engagements dauerten selten länger als sechs Monate, oft waren es nur drei oder vier. Meistens nannte man ihn »Manager mit besonderem Aufgabenbereich« oder »SOS-Manager«. Er selbst zog die Bezeichnung »Feuerwehr-Manager« vor, denn dieses Kürzel umschrieb ziemlich gut, worin sein Job letzten Endes bestand. Wer ihn anheuerte, hatte meist bereits beträchtliche Konflikte an Bord des Unternehmensschiffs zu beklagen. Diese Schwelbrände bewirkten beispielsweise, dass die Produktionsqualität in einem Unternehmensbereich urplötzlich zu wünschen übrig ließ oder die Abstimmung zwischen verschiedenen Abteilungen nicht mehr klappte. Um das Schiff wieder auf Kurs zu bringen, ehe es in Flammen aufging oder auf eine Sandbank lief, musste Sven die Gedanken und Sorgen, Pläne und Interessen aller Beteiligten ergründen, Arbeitsabläufe durchleuchten und gemeinsam mit den Betroffenen Lösungsvorschläge entwickeln.

In diesem Fall war die Lösung ziemlich einfach gewesen, aber jede Lösung sah einfach aus, wenn man sie erst einmal gefunden hatte. Das Elektrounternehmen war berühmt für die Zuverlässigkeit und Langlebigkeit seiner Produkte, die auf der ganzen Welt in Autos eingebaut wurden. Doch aus geheimnisvollen Gründen hatten mehrere Abteilungen auf einmal bestürzende Mengen an Ausschuss produziert, und nachdem das Management vergeblich nach der Fehlerquelle gesucht hatte, war Sven Laufer zu Hilfe gerufen worden und hatte das Problem gelöst.

Sven pfiff gerade eine komplizierte Variante seiner kleinen Melodie, als sich sein Mobiltelefon meldete. Er nestelte es aus der Jackentasche. »Sven Laufer.«

Eine weibliche Stimme meldete sich und beteuerte, dass sie äußerst erfreut sei, ihn zu erreichen. Die Stimme klang sehr angenehm, und was sie Sven mitteilte, war mehr als schmeichelhaft. Aber nicht deshalb begann sein Herz auf einmal so heftig zu klopfen.

»Ich heiße Sonja Brückner«, sagte die Anruferin auf Stromländisch, »ich bin die Projektleiterin TranXTruck bei der PremXLog AG. Der Name sagt Ihnen doch sicher etwas?«

Sven war zu durcheinander, um mehr als ein bejahendes Brummen von sich zu geben. Aber natürlich hatte er von dem weltweit tätigen Logistikunternehmen schon gehört.

»Also kurz und gut«, fuhr Sonja Brückner fort, »wir haben ein Problem, Herr Laufer, und jeder, den ich gefragt habe, wer uns bei der Lösung helfen könnte, hat mir Ihren Namen genannt.«

Sie legte eine Pause ein, offenkundig erwartete sie, dass

er jetzt irgendetwas antwortete. Aber Sven saß einfach nur da, das Telefon an sein Ohr gepresst.

»Herr Laufer, sind Sie noch dran?«

»J-ja, entschuldigen Sie«, rang sich Sven endlich ab. Er war immer noch ziemlich durcheinander, und das passierte ihm sehr selten. Aber schließlich kam es auch nicht gerade häufig vor, dass ihn jemand aus seiner alten Heimat anrief und auf Stromländisch mit ihm sprach. Obwohl Lena und Liam, seine beiden Kinder, mehrsprachig aufgewachsen waren und er mit ihnen regelmäßig auch stromländisch redete, hatte Sven plötzlich das Gefühl, seit einer Ewigkeit nicht mehr den heimatlichen Zungenschlag gehört zu haben. Sein Mund wurde ein wenig trocken. Und das lag ganz bestimmt nur zum allerkleinsten Teil an Sonja Brückners betörender Stimme.

»Haben Sie demnächst mal etwas Zeit?«, fragte sie. »Ich würde mich gerne so bald wie möglich mit Ihnen treffen, um Ihnen unser Problem zu schildern.«

Sven räusperte sich. »Wie es der Zufall so will«, sagte er, »habe ich gerade einen Job vorzeitig beendet.« Auf einmal machte es ihm großen Spaß, in seiner Muttersprache zu reden. »Ich hätte also tatsächlich schon diese Woche Zeit.«

»Aber das ist ja wunderbar!«, rief Sonja aus. »Wann können Sie nach Stromland fliegen, Herr Laufer? Wir möchten Sie einladen, möglichst bald zu uns zu kommen. Hier in Seestadt ist unsere Zentrale, und hier wäre in den nächsten drei Monaten auch Ihr Arbeitsplatz. Falls ich Sie davon überzeugen kann, mit uns zusammenzuarbeiten«, fügte sie mit einem kleinen Lachen hinzu.

»In Seestadt«, wiederholte Sven. In seiner Erinnerung stiegen Bilder der stromländischen Hauptstadt auf, wie sie vor zwanzig Jahren ausgesehen hatte. Eine heruntergekommene Stadt, bevölkert mit übellaunigen, verbitterten Leuten. Hatte er eben tatsächlich so etwas wie Heimweh verspürt? Kaum zu glauben, dachte Sven – auch wenn er in letzter Zeit von verschiedenen Seiten gehört hatte, dass sich die Verhältnisse in der alten Heimat angeblich auf märchenhafte Weise gewandelt hatten. Und auch wenn Sonja Brückners Anruf diese Berichte in gewisser Weise zu bestätigen schien.

Sven war mittlerweile so verwirrt wie seit zwanzig Jahren nicht mehr. Normalerweise brachte ihn nichts und niemand so leicht aus der Ruhe. Derartige Gefühlsschwankungen – zwischen Sehnsucht und heftigem Widerwillen – kannte er höchstens von seiner sechzehnjährigen Tochter, die sich gerade wieder mal in einen zwei Jahre älteren Knaben verknallt hatte.

»Geben Sie mir einen Tag Zeit«, sagte er. »Ich muss erst noch Verschiedenes abklären. Morgen Nachmittag rufe ich zurück.«

Sonja war einverstanden, und Svens Hand zitterte mehr als nur ein wenig, als er sein Telefon zuklappte und zurück in die Jackentasche schob.

Am nächsten Morgen fuhr er mit dem Taxi zum Flughafen der fruchtländischen Hauptstadt. Es war der 13. Januar 2020, und Sven war auf dem Weg zu seiner Familie, die einen Teil des Sommers in ihrem Ferienhaus am Meer verbrachte.

Draußen glitten in endloser Folge die Wohnviertel der fruchtländischen Hauptstadt vorbei. Als Sven kurz nach Beginn des neuen Jahrtausends mit nichts als einem Rucksack und einer Reisetasche hier angekommen war, hatten sich zwischen dem Flughafen und der Stadt noch viele Meilen unbebautes Land erstreckt. Inzwischen war die Hälfte dieser gewaltigen Fläche mit Wohnanlagen und Einkaufszentren bedeckt. Denn Fruchtland war in der ganzen Welt berühmt für seinen Wohlstand, seine florierende Wirtschaft und den freien Geist, der durch alle Bereiche der Gesellschaft wehte.

Neben der Straße machten sich Scharen von Jugendlichen mit Spaten und Gießkannen zu schaffen. Angeleitet von einem hünenhaften Mann im grünen Overall, pflanzten sie am Straßenrand junge Bäume ein – eines der vielen Bürgerprojekte, an denen sich im ganzen Land Jung und Alt ehrenamtlich beteiligten.

Svens Gedanken schweiften von den jungen Leuten am Straßenrand zu seiner Tochter Lena. Vor acht Tagen hatte sie am Strand diesen sommersprossigen Burschen namens Tim kennen gelernt, mit dem sie seither praktisch jede Minute zusammen war. Sven freute sich für seine Tochter, die mit ihren sechzehn Jahren die Freuden der Liebe zu erkunden begann, und sorgte sich zur gleichen Zeit ein wenig, wie dies alle Väter halbwüchsiger Töchter zuweilen tun. Lena hatte schwierige Jahre hinter sich – eine hoch begabte Pianistin und Malerin, die sich für kaum etwas anderes als ihre komplizierten Kunstwelten zu interessieren schien. Sven und seine Frau Su hatten sich ihretwegen schreckliche Sorgen gemacht, und lange Zeit sah es wirklich so aus, als ob Lena ihr Leben in unzugänglicher Einsamkeit verbringen würde. Aber dank liebevoller Förderung durch ihre hoch engagierten Lehrer hatte sie das Schlimmste wohl mittlerweile hinter sich. Von Lena würde er bei seinem Kurzbesuch jedenfalls nicht sehr viel zu sehen bekommen, dachte Sven, aber umso sehnlicher wurde er schon von Liam erwartet. In seiner letzten Video-Mail hatte der zwölfjährige Junge ihm erklärt, dass er in seinem Leben mindestens drei verschiedene Berufe ausüben wollte – Profifußballer, Autokonstrukteur und Rennfahrer. Sven sah Liams eifriges Gesicht mit den schmalen Augen vor sich und musste lächeln.

Su und er hatten den Jungen als Baby adoptiert, und doch fühlte er sich Liam so nahe, als ob es sein leiblicher Sohn wäre. Es war eine abenteuerliche Reise gewesen, kreuz und quer durch das unvorstellbar arme, von jahrzehntelangem Bürgerkrieg zerstörte Flutland, wo Liam zur Welt gekommen war. Die Behörden dort hatten sie auf Schritt und Tritt schikaniert, unablässig mussten sie Schmiergelder bezahlen, aber wochenlang bekamen sie kein einziges der hunderte von Waisenkindern zu sehen, die angeblich auf Adoptiveltern warteten. Sven hatte damals schon aufgeben wollen und Su beschworen, mit ihm nach Fruchtland zurückzufliegen. Aber seine Frau hatte sich geweigert, und letzten Endes hatte sie Recht behalten: Nach einem ganzen Monat nervenzerrüttenden Wartens waren sie plötzlich in ein flutländisches Kinderheim gebracht worden. Sie hatten den kleinen Jungen in seiner Wiege entdeckt, einen raschen Blick gewechselt und sofort beide gewusst, dass es ihr Sohn war. Liam Laufer, ihr eigenes Kind, das nur durch einen unglücklichen Zufall in dieses weit entfernte Land verschlagen worden war.

Sven seufzte ein wenig bei diesen gefühlvollen Erinnerungen, an die er seit vielen Jahren nicht mehr gedacht hatte. Es hängt mit dieser Sonja Brückner zusammen, dachte er, mit dem Anruf aus Stromland, der mich etwas aus dem Gleichgewicht gebracht hat. Er würde Su fragen, was sie davon hielte, wenn er das Angebot annehmen und für drei

Monate zurück nach Stromland gehen würde. Su würde natürlich merken, dass er ziemlich aufgewühlt war, und sie würde sofort begreifen, woran es lag. Und doch würde sie nicht wirklich verstehen, was der Anruf aus Stromland für ihn bedeutete. Denn Su war hier in Fruchtland geboren und aufgewachsen – sie konnte sich überhaupt nicht vorstellen, was es hieß, aus einem Land wie Stromland zu stammen. Genauer gesagt, korrigierte sich Sven, wie dem Stromland, aus dem er damals, vor zwei Jahrzehnten, fluchtartig weggegangen war.

Ob sich dort wirklich so vieles zum Besseren gewendet hatte? Wieder kämpften in ihm Heimweh und Widerwille, Hoffnung und Abneigung um die Vorherrschaft. In seiner Mail hatte Liam den Namen eines stromländischen Fußballstürmers genannt – wie dieser Supersportler wollte er später einmal werden. Vor zwanzig und noch vor zehn Jahren, sagte sich Sven, wäre es unvorstellbar gewesen, dass irgendein Junge auf diesem Planeten sich ausgerechnet mit einem stromländischen Fußballer identifiziert hätte. Früher einmal war Stromland im Fußball eine Macht gewesen – nicht nur im Fußball, sondern in vielen Sportarten und genauso in einem Dutzend der wichtigsten Industrie- und Wissenschaftszweige. Doch das war fast ein halbes Jahrhundert her, und Sven hatte sich seit langem angewöhnt, sein Heimatland als für alle Zeiten in der Zweitklassigkeit versunken anzusehen.

Aber vielleicht hatte er sich ja getäuscht?

2

»Also, ich an deiner Stelle würde keine Minute lang zögern«, sagte Su. »Du nimmst doch sonst auch Jobs in allen möglichen Ländern an – warum also nicht in Stromland? Das ist ja sogar eine gute Gelegenheit für dich, mal wieder ein paar alte Freunde zu treffen, oder?«

Sven gab nur ein paar unbestimmte Brummtöne von sich. Hand in Hand mit Su schlenderte er am Strand entlang, und der warme, feuchte Sand unter seinen nackten Füßen fühlte sich großartig an. Ein paar Schritte hinter ihnen tobte Liam mit einer Horde gleichaltriger Jungs im flachen Wasser herum. Sie warfen sich in die Wellen, lachten und schrien, und ein kleiner Hund mit langen schwarzen Ohren, der wahrscheinlich zu einem von Liams Freunden gehörte, hetzte in sicherer Entfernung kläffend neben den Kindern her.

»Diese Reportage, die wir vor ein paar Wochen gesehen haben«, sagte Su, »mit den jungen Leuten, die alle vor Selbstbewusstsein und Tatendrang fast zu explodieren schienen – war das nicht eine Doku über Stromland? ›Das zweite Wirtschaftswunder‹ – hieß der Film nicht so? Die jungen Kerle und Frauen dort haben von unglaublichen Karrieren und Firmengründungen erzählt und mit einem lässigen Grinsen all die klotzigen Luxussachen vorgeführt, die sie sich plötzlich leisten konnten. Erinnerst du dich denn gar nicht daran, Sven?« Sie stieß ihm ihren Ellbogen leicht in die Seite, wie immer, wenn sie das Gefühl hatte, dass sie ihn aufrütteln musste.

»*Du* hast diesen Film gesehen«, korrigierte Sven. »Ich bin lieber hier raus an den Strand gegangen – du weißt ja, alles, was mit Stromland zusammenhängt, schlägt mir auf den Magen.«

»Dann wird es erst recht Zeit, dass du dort hinfährst und dir anschaust, wie es heute in deinem Heimatland aussieht«, erklärte Su. »Das beste Mittel gegen Gespenster ist immer noch der nüchterne Augenschein.«

Dagegen ließ sich schwer etwas sagen. Sven begnügte sich aufs Neue mit ein paar vieldeutigen Brummtönen. Paaren, die schon so lange zusammenleben wie Sven und Su, reicht ja sowieso oft ein Blick oder eine Geste, um sich über verwickelte Probleme zu verständigen.

Sven hatte Su vor mehr als zwanzig Jahren in Stromland kennen gelernt. Su war in den Semesterferien auf dem ganzen Kontinent herumgereist, um auf einem Open-Air-Jazzfestival ausgerechnet ihm in die Arme zu laufen. Es hatte wie aus Kannen geregnet, aber Sven hatte das schlechte Wetter im selben Moment vergessen und nur noch Augen für das Mädchen mit den lachenden braunen Augen gehabt. »Bleiben wir hier stehen, bis wir im Schlamm versunken sind?«, hatte sie ihn gefragt. – »Wir könnten zu mir fahren und uns was Trockenes anziehen«, hatte Sven wagemutig geantwortet, und seit dieser ersten Begegnung zwischen Seeufer-Matsch und Satchmo-Klängen waren sie ein Paar. Sus warmherzige Fröhlichkeit und positive Lebenshaltung hatten ihn vom ersten Augenblick an bezaubert. Ihre unbekümmerte, zupackende Art war für Sven wie eine Medizin gewesen, die ihm half, sich nach und nach von der Krankheit zu heilen, die in Stromland damals alle und jeden befallen hatte – die Krankheit der Starre und Mutlosigkeit. Als Su nach den Sommerferien nach Hause zurückfliegen wollte, hatte Sven nicht lange gezögert: Er hatte sein Biologiestudium hingeschmissen und war mit ihr nach Fruchtland gegangen. Der Abschied von seinem Heimatland war ihm nicht leicht gefallen, aber mit seinen beiden engsten Studienfreunden war er sich einig gewesen, dass sich im damaligen Stromland praktisch alles in die falsche Richtung entwickelte. Nur hatten sie aus dieser gemeinsamen Einschätzung unterschiedliche Konsequenzen gezogen – Marius Bonheur war der Versorgerpartei beigetreten, um sich als Politiker für gesellschaftliche Veränderungen einzusetzen, Lars Flüssen hatte noch während des Biologiestudiums begonnen, die stromländische Biomedizinbranche umzukrempeln, und Sven war nach Fruchtland ausgewandert. Er hatte seinen Schritt auch niemals bereut, an keinem einzigen Tag seines Lebens – nicht, dass er ans andere Ende der Welt gezogen war, und schon gar nicht, dass er Su geheiratet hatte. Aber eine Flucht war es in gewisser Weise gleichwohl gewesen.

Su war eine gefragte Expertin für Informationstechnologie, die drei- oder viermal im Jahr zu Meetings auf der ganzen Welt reisen musste. Ansonsten aber hatte ihr Job einen riesengroßen Vorteil: Ihr Arbeitsplatz befand sich immer dort, wo sie selbst sich gerade aufhielt – wenn sie dort nur ihr eMO einschalten und online sein konnte.

Eine ganze Weile wanderten die beiden nun schon schweigend am Strand entlang und hingen ihren Gedanken nach. Die Luft war weich und mild. Weit draußen versank die Sonne im Wasser und färbte den Himmel orangerot. Sven stellte sich vor, wie es um diese Jahreszeit in Stromland aussah: das ganze Land verschneit und im Winterfrost erstarrt.

»Hier in Fruchtland sind wir glücklich, hier haben wir alles, was wir brauchen«, sagte er endlich. »Aus welchem Grund sollte ich da bitte schön nach Stromland zurückgehen?«

Su blieb unvermittelt stehen, und weil sie weiterhin seine Hand hielt, musste auch Sven stehen bleiben. »Ich denke, wir reden von einem Dreimonatsjob«, fragte sie, »oder habe ich da etwas falsch verstanden?« Ihre braunen Augen sahen ihn durchdringend an.

Sven schüttelte den Kopf und legte einen Arm um Su, deren bunt bedrucktes Strandkleid im Abendwind flatterte. Er lächelte sie an und zog sie zu einem leidenschaftlichen Kuss an sich.

»Du hast natürlich Recht, Liebes«, sagte er eine Weile später. »Ein Vierteljahr in der alten Heimat kann wirklich ganz interessant sein. Morgen rufe ich in Seestadt an und sage zu.«

»Aber du hast versprochen, dass du mindestens zwei Wochen bei uns im Strandhaus bleibst, bevor du den nächsten Job annimmst.« Enttäuscht sah Liam seinen Vater an, der schuldbewusst den Blick senkte. »Du hast gesagt, wir fahren raus zum Angeln und wir segeln mit dem Katamaran, nur wir beide – du hast es versprochen, Sven!«

»Ich weiß, Liam. Mir ist was dazwischengekommen – tut mir wirklich Leid.«

Sie saßen zum Abendessen auf der hölzernen Ferienhaus-Veranda, und wieder einmal kam sich Sven wie ein Rabenvater vor. Su und er unternahmen alles, was in ihrer

Macht stand, damit ihre Kinder die bestmögliche Ausbildung erhielten. Nirgendwo auf der Welt gab es bessere Schulen, engagiertere Lehrer, individuellere Förderung als hier in Fruchtland. Und freie Tage, von denen es allerdings viel zu wenige gab, verbrachte Sven immer mit seiner Familie – begleitete Lena zu Proben und Konzerten, ging mit Liam auf den Bolzplatz oder mit Su abends aus. Aber trotz allem dachte er oft mit einem schlechten Gewissen, dass er für seine Kinder mehr Zeit freischaufeln sollte – vor allem für Liam, der seine besten Freunde stehen ließ, wenn er die Chance bekam, ein paar Stunden mit Sven zu verbringen. Su hatte es da entschieden leichter, auch wenn es natürlich auch für sie nicht ganz einfach war, ihre Zeit, Kraft und Aufmerksamkeit zwischen den Kindern und ihrer Arbeit gerecht aufzuteilen.

»Wo musst du denn jetzt schon wieder hinfahren, Sven«, quengelte Liam, »etwa in dieses komische Zuckerhutland?«

Sven schüttelte den Kopf und schob sich gleichzeitig eine Gabel voll gebratenem Butterfisch in den Mund. Das gab ihm Gelegenheit, sich seine Antwort noch einen Moment lang zu überlegen. »Nach Stromland«, sagte er aber schließlich nur.

Eigentlich hatte er erwartet, dass Liam erstaunt oder sogar erschrocken zurückfragen würde, warum er denn ausgerechnet in dieses schreckliche Land reisen wolle, von dem er selbst ihnen tausend grässliche Dinge erzählt hatte. Aber zu Svens Verblüffung ließ Liam seine Gabel auf den Teller fallen und strahlte ihn begeistert an. »Nach Stromland, echt? Cool!«

Und während Sven noch ratlos von Liam zu Su schaute, sprang der Junge auf, lief um den Verandatisch herum und boxte Sven auf den Arm. »Dann nimm mich wenigstens mit, wenn du schon hier keine Zeit für mich hast. Nach Stromland, Wahnsinn! Darf ich mit, Sven? Sag ja, bitte sag ja. Dann können wir zusammen in das neue Stadion vom FC Seestadt gehen – das ist doch einer der besten Clubs auf der ganzen Welt! Und wo immer du hinwillst, nimmst du einfach eine dieser superkrassen Magnetschwebebahnen, die da im ganzen Land rumfahren. Du steigst ein, und – zack, bist du schon am Ziel!« Liam machte große, bittende Augen und schmiegte sich an Sven wie ein kleines Kind. »Du nimmst mich doch mit nach Stromland, oder?«

Sven wusste jetzt überhaupt nicht mehr, was er sagen sollte. »Na ja«, brummte er und tätschelte Liam den Kopf, »du musst ja hier in die Schule gehen«, murmelte er. »Woher weißt du das eigentlich alles?«, fiel ihm auf einmal ein. »Das mit dem neuen Stadion in Seestadt und diesen Magnetschwebebahnen – wer hat dir das denn erzählt, Liam?«

»Na, das weiß doch jeder«, sagte der Junge.

»Zumindest jeder, der diese Reportage gesehen hat«, bekräftigte Su.

Bevor Sven hierauf etwas antworten konnte, stürmten vom Strand zwei sonnenverbrannte Gestalten auf die Veranda – Lena und ein dünner, sommersprossiger Bursche mit roten, schulterlangen Haaren.

»Hi, Sven«, sagte seine Tochter und klopfte ihm lässig auf die Schulter. »Habt ihr was zu essen für uns?«

»Und ein Glas Wein, wenn's nicht zu viel verlangt ist?«, ergänzte der fuchshaarige Bursche. »Ich bin übrigens Tim.« Er winkte Sven flüchtig zu. »Sie müssten mich schon von Lenas Video-Mail kennen, Herr Laufer.«

Sven nickte und sah mit einem leicht verrutschten Lächeln zu, wie seine Tochter im bauchfreien Strandtop und ihr klapperdürrer Lover sich an der Familientafel niederließen. Lena kam ihm unglaublich erwachsen vor, dabei hatte er sie erst vor drei Wochen zum letzten Mal gesehen. Sie trug ihre langen braunen Haare offen, und in ihrem schmalen Gesicht mit den energisch blickenden Augen erkannte er auf einmal Su wieder, wie sie vor bald zwanzig Jahren ausgesehen hatte, als sie beide sich kennen gelernt hatten.

»Hast du schon gehört, Lena«, schrie Liam, »Sven geht nach Stromland!«

Lena, die eben ihr Glas mit schäumendem Fruchtsaft zum Mund heben wollte, erstarrte in der Bewegung. »Nicht dein Ernst«, sagte sie und sah Sven so ungläubig an, wie er es vorhin bei Liam erwartet hatte. »In das Land, aus dem du damals abgehauen bist, Sven? Wo alle immer mies drauf sind und Leute, die aussehen wie Liam, von Fremdenhassern verdroschen werden? Das hast du uns doch oft genug erzählt!«

Liam warf seiner Schwester einen verachtungsvollen Blick zu. »Du hast ja überhaupt keine Ahnung«, sagte er. »In Stromland bauen sie die tollsten Autos, und weißt du noch, dieser Stabhochspringer, den du neulich bei der WM-Übertragung angeschmachtet hast – der war auch aus Stromland!«

Lena wurde ein wenig rot, und Tims grüne Augen unter den Kupferlocken funkelten eifersüchtig. »Ich und diesen Typ angeschmachtet – du spinnst ja, Kleiner!«, sagte sie und kniff Liam in den Arm.

»Hey, langsam«, versuchte Su zu beschwichtigen. »Was haltet ihr davon, wenn wir einfach mal abwarten, was Sven in Stromland so alles erlebt? Er erzählt uns, wie es dort heute aussieht, und dann werden wir ja sehen, ob es da immer noch so zugeht wie vor zwanzig Jahren – oder ob das Land eine so großartige Wiedergeburt erlebt, wie sie es neulich im Fernsehen behauptet haben.«

Auf einmal war es ganz still am Verandatisch.

Großartige Wiedergeburt, dachte Sven, konnte das wirklich sein? Wieder spürte er dieses sehnsuchtsvolle Ziehen in seinem Bauch. Auch wenn er seit zwei Jahrzehnten hier in Fruchtland lebte, auch wenn er hier sein Glück gemacht hatte, eine Wohnung in der Hauptstadt und dieses Ferienhaus an der Küste besaß – in seinem tiefsten Innern war das Land ihm fremd geblieben.

»Und warum sollte es mich bitte sehr interessieren, wie es heute in Stromland zugeht?« Argwöhnisch schaute Lena ihre Mutter an. »Falls ihr mit dem Gedanken spielen solltet«, fügte sie hinzu und sah mit blitzenden Augen von Su zu Sven, »in dieses komische Stromland umzuziehen – nicht mit mir!«

»Hey, umziehen, nach Stromland«, hielt Liam natürlich gleich dagegen, »das ist überhaupt eine klasse Idee!«

Lena schmiegte sich an ihren Tim, der sich gerade einen großzügigen Schluck von Svens bestem Weißwein genehmigte. »Wehe euch!«, rief sie in unheilschwangerem Tonfall aus.

»Notfalls hauen wir zusammen ab!«, sekundierte Tim.

3

Nach Stromland ziehen? Wer kam denn auf so etwas? Vorerst war es nicht mehr als eine Augenblicksidee, so ungreifbar wie die Wolken, die unter Svens Flugzeugfenster vorbeizogen. Mittlerweile saß er bereits im Flieger nach Seestadt, und die überalterte Maschine kämpfte sich rüttelnd und klappernd durch ein Tiefdruckgebiet zehn Kilometer über dem fruchtländischen Ozean.

Obwohl Sven gestern Nachmittag beim Telefongespräch mit Sonja Brückner so getan hatte, als ob er sich erst nach ihrem Treffen entscheiden wollte, war er im Stillen längst entschlossen, den Job bei PremXLog anzunehmen. Und je fester er dazu entschlossen war, desto kribbliger fühlte er sich, und desto banger sah er seiner Ankunft in Stromland entgegen.

Manchmal muss man gerade das machen, wovor man sich graust oder fürchtet. So lautete einer von Svens Wahlsprüchen, und bisher war er mit diesem Motto gut gefahren. Fragte sich nur, ob es sich auch diesmal so verhielt.

Auf dem Sitz neben ihm saß ein älterer Herr mit schimmernd grauen Haaren, dessen Gesicht Sven bekannt vorkam. Immer wieder warf er ihm verstohlene Blicke zu und zermarterte sich den Kopf, aber Sven kam einfach nicht drauf, woher er den Silberschopf kannte.

Schließlich gab er es auf, holte sein eMO hervor und meldete sich bei CyXBrain an, dem Wissensportal, das Kompaktseminare zu jedem erdenklichen Thema bereithielt. Immer wenn er sich auf einen neuen Job vorbereitete, investierte er ein paar Stunden im Flieger oder im Hotel, um sich das erforderliche Spezialwissen anzueignen. Zuerst gab er »PremXLog« als Suchbegriff ein und erfuhr, dass sein künftiger Auftraggeber in den letzten zwanzig Jahren einen Prozess tief greifender Veränderung und globaler Ausdehnung durchlaufen hatte. Die Firmenzentrale befand sich seit mehr als hundert Jahren in Seestadt, aber nach einem langen Dornröschenschlaf hatte sich PremXLog in erstaunlich kurzer Zeit vom altertümlichen Spediteur zum weltweit führenden Dienstleister für die Organisation von Waren- und Datenströmen entwickelt.

Anfang der 2000er Jahre war PremXLog bereits in allen wichtigen Ländern tätig und unterhielt weltweit mehr als hundertfünfzig Standorte. PremXLog transportierte Frachtgüter rund um den Planeten und organisierte den Material-, Waren- und Datenfluss für zahlreiche Großunternehmen. Aber mittlerweile war dieser ganze Dienstleistungsbereich in dem Unternehmen weitgehend automatisiert. Seine grandiosen Erfolge der vergangenen beiden Jahrzehnte verdankte PremXLog hauptsächlich einer echten Innovation: Das Unternehmen hatte nichts Geringeres als das Problem der Leer- und Halbleerfahrten von Lastwagen gelöst.

Zusammen mit einem Partner aus der Telekommunikationsbranche hatten sie TranXTruck entwickelt, eine Technologie, die auf der Maut-Technologie TruckXColl aufbaute. Wenn ein Lastwagen eine stromländische Mautstation passierte, wurden seitdem nicht mehr nur, wie in früheren

Zeiten, durch TruckXColl Gewichts- und Größenkategorie des Lasters sowie die zurückgelegten Kilometer erfasst, um die staatliche Straßennutzungsgebühr zu errechnen. Mit Hilfe der neuen Logistiktechnologie TranXTruck ließ sich nun auch noch zusätzlich feststellen, was und wie viel der Lastwagen geladen hatte, einschließlich des Frischegrades bei verderblichen Waren. Das System wertete diese Daten aus und dirigierte den Wagen zu dem nächstgelegenen Ort, an dem Waren oder Materialien in passender Menge auf den Abtransport warteten. Durch diese revolutionäre Technologie hatte PremXLog die Transportkosten drastisch verringert und zugleich die Umweltbelastung erheblich reduziert. »Ein viel zitiertes Beispiel für den Wiederaufstieg der stromländischen Wirtschaft«, so endete der Eintrag über PremXLog.

Als nächstes klickte Sven auf den Menüpunkt »Kompaktseminare« und überflog, was die Spezialisten von CyXBrain zum Thema Logistik zusammengestellt hatten. Da gab es Videosequenzen, die den Strom der Waren und Daten rund um den Globus in bewegten Bildern darstellten, Audio-Statements von Wirtschaftsexperten und Praktikern, außerdem Tabellen und Texte zu allen erdenklichen Stichworten und Gesichtspunkten. Und wie immer bei CyXBrain war alles so kurz gefasst und anschaulich aufbereitet, dass Sven nach kaum einer Stunde die Informationen aufgenommen hatte, die er im Augenblick brauchte.

Er klappte sein eMO wieder zu. Der Flieger schüttelte sich so unwillig, als ob er im nächsten Moment seine menschliche Fracht über Bord werfen wollte. Sven und sein Nachbar tauschten einverständige Blicke – Flugtickets waren in den letzten zwanzig Jahren zwar immer billiger geworden, aber mit jeder Preissenkung war noch etwas mehr vom Reisekomfort früherer Zeiten auf der Strecke geblieben. In besonderem Maß galt das für die fruchtländischen Airlines, die zu den weltweit billigsten gehörten, aber auch für miserablen Service, uralte Maschinen und häufige Flugplanänderungen berüchtigt waren.

»Nicht mal Mozart in seiner Kutsche ist derartig durchgeschüttelt worden«, klagte Svens Nachbar in halb scherzhaftem Ton. Und im gleichen Moment, in dem er »Mozart« hörte, wusste Sven auch wieder, um wen es sich bei dem älteren Herrn handelte.

»Entschuldigen Sie, Herr Humin, ich habe Sie nicht gleich erkannt. Ich bin Sven Laufer«, beeilte er sich hinzuzufügen, da der silberhaarige Herr ihn fragend anlächelte, »Lena Laufers Vater.«

»Ah, unsere Ausnahme-Pianistin!« Der Leiter des musischen Fachbereichs von Lenas Schule lächelte erfreut. Seine Augen blitzten, plötzlich sah er um mindestens zehn Jahre jünger aus. »Ich bilde jetzt seit fast einem halben Jahrhundert junge Menschen aus«, sagte er. »Viele von ihnen hatten herausragende Begabungen, denn Sie wissen ja, Herr Laufer – unsere Schule nimmt sich ganz besonders der Hochbegabten an. Aber auf ein solches Talent wie bei Ihrer Tochter bin ich in all den Jahren höchstens zehn- oder fünfzehnmal gestoßen.«

Sven freute sich über dieses Kompliment und fühlte sich als Vater sehr geschmeichelt. Das war sicherlich ein wenig töricht, denn seine eigenen musischen Talente erschöpften sich hauptsächlich im halb bewussten Pfeifen seltsamer kleiner Melodien. »Wir wissen sehr wohl, wie viel wir Ihnen und Ihren Kolleginnen und Kollegen verdanken«, sagte er. »Ohne Ihr Engagement wäre Lena bestimmt nicht das glückliche und vielseitig interessierte Mädchen geworden, das sie heute ist.« Sven beugte sich ein wenig zu Herrn Humin hinüber, denn er wollte nicht, dass weitere Fluggäste sein kleines Geständnis mitbekamen. »Seit neuestem«, murmelte er in Richtung des alten Lehrers, »hat Lena sogar einen Freund.«

Abermals tauschten sie einverständige Blicke, die aber diesmal überhaupt nichts mit dem Rütteln und Ächzen des gebrechlichen Flugzeugs zu tun hatten. Und im Handumdrehen entspann sich zwischen ihnen ein lebhaftes Gespräch über Lena im Besonderen und das fruchtländische Schulsystem im Allgemeinen.

Lenas musische Hochbegabung hatte sich schon in ihren Vorschuljahren gezeigt – das kleine Mädchen brachte sich selbst das Klavierspielen bei, und zwar praktisch über Nacht, und Lena war noch keine fünf Jahre alt, als sie ihre Erzieherinnen in der Vorschule mit Ölkreidebildern von außerordentlicher Ausdruckskraft verblüffte. Aber mit ihren Altersgenossen konnte sie nichts anfangen, sie hatte keine Freude an ihren Spielen und Streichen und war jahrelang überall die Außenseiterin, mit der sich niemand abgeben wollte. Am liebsten war sie damals allein, sie schien niemals menschliche Gesellschaft zu vermissen, solange es nur ein Klavier in Griffweite gab oder zumindest einen Kohlestift und ein paar Blätter Papier. Auch am Schulunterricht zeigte das Mädchen so gut wie kein Interesse, weder an naturwissenschaftlichen noch an gesellschaftlichen Themen. Nur wenn Musik oder Kunst gelehrt wurde, schien sie wie aus tiefen Träumen zu erwachen.

Su und Sven wurden immer besorgter, und sie fragten sich schon, ob Lena für ihre musischen Talente ihr Leben lang mit einem immer auswegloseren Außenseitertum bezahlen müsste. Aber dann wies sie einer der Experten für hoch begabte Kinder, deren Rat sie erbeten hatten, auf die Schule von Herrn Humin hin. Sven bekam noch heute feuchte Augen, wenn er an das Wunder dachte, das die Lehrer dort im Lauf eines einzigen Jahres vollbrachten. Schritt für Schritt begann sich Lena für Dinge zu interessieren, die sie bis dahin vollständig ignoriert hatte. Von ihren Lehrern behutsam geführt, entdeckte das zwölfjährige Mädchen als Erstes, dass Mathematik nichts anderes als Musik ist, nur in Zahlen und Formeln umgesetzt. Nachdem sie diesen Landstrich erobert hatte, wagte sie sich nach und nach in Gegenden vor, die von ihren Kunstwelten immer weiter entfernt waren. Mit Begeisterung und in atemberaubendem Tempo begann sie gleich ein halbes Dutzend Fremdsprachen zu lernen, und überall entdeckte sie die Gesetzmäßigkeiten wieder, die ihr von ihrer Musik und der Malerei her seit langem vertraut waren – in den Sprachen, in Biologie und Physik, auch in der Geschichte der Völker und in den heutigen Gesellschaften.

»In einem Land wie Stromland«, sagte Sven, »wäre Lena bestimmt ihr Leben lang eine Außenseiterin geblieben, eingeschlossen in die Welt ihrer Kunst.«

Herr Humin warf ihm einen erstaunten Blick zu. »Meinen Sie wirklich? Da Sie ja aus Stromland kommen, soviel ich weiß, können Sie die Verhältnisse dort sicher besser beurteilen als ich. Aber ein wenig überrascht bin ich über Ihre Worte schon – schließlich stammen ja die großartigsten Komponisten und Musiker früherer Jahrhunderte fast ausnahmslos aus Ihrem Land. Und bis heute gibt es auf der ganzen Welt kein Land, in dem diese Künste mehr in Ehren gehalten oder in auch nur annähernd vergleichbarer Güte gepflegt würden. Die besten Orchester, herausragendsten Solisten und grandiosesten Aufführungen finden Sie heute wie vor zweihundert Jahren in Stromland!«

Diesmal war es der alte Lehrer, der sich vertraulich zu seinem Nachbarn hinüberbeugte. »Das ist auch der Grund«, erklärte er mit gedämpfter Stimme, »weshalb ich meine nicht mehr ganz jugendfrischen Knochen diesem womöglich noch greiseren Flieger anvertraut habe – ich will in Stromland einige Aufführungen klassischer Musik besuchen, die man in Fruchtland niemals zu hören bekäme. In hundert Jahren nicht!« Er winkte in Richtung des Kabinenfensters ab, vor dem aber nach wie vor nur watteweiße Wolkenformationen zu sehen waren. »Wir Fruchtländer, mein lieber Herr Laufer, sind ja sicherlich ein alles in allem recht glückliches Völkchen, das in einer freien und gut organisierten Gesellschaft lebt. Aber im Grunde ihres Herzens sind die meisten von uns geblieben, was schon unsere Vorfahren waren, die vor einigen hundert Jahren in dieses Land gekommen sind – Pioniere, Pelzhändler und Schafbauern, deren Kulturbedürfnis sich in Rodeos und Barbecue-Partys erschöpft! Wie halten Sie als Stromländer es bei uns überhaupt aus?«

Jetzt war es an Sven, seinen Gesprächspartner erstaunt zu mustern. Was sollte er auf diese Frage antworten? Seine Verwirrung wurde nicht geringer, als ihm auch noch einfiel, dass er als junger Mann tatsächlich hin und wieder Opern- und Theateraufführungen in Seestadt besucht hatte. Was er auf der Bühne zu sehen und zu hören bekam, hatte ihn meistens auch fasziniert und beeindruckt, aber das hochnäsige Gehabe der Zuschauer hatte ihn so sehr abgestoßen, dass er irgendwann nicht mehr zu Konzertabenden oder Tragödienaufführungen gegangen war. Diese Leute in ihren schwarzen Anzügen und albernen Roben wie aus dem feudalen Zeitalter waren ihm unrettbar gestrig erschienen, wie Gespenster einer längst versunkenen und zerfallenen Welt. Aus unerfindlichen Gründen war der ganze Pomp von den allgemeinen Steuern bezahlt worden, obwohl nur ein Bruchteil der Leute in einer Stadt sich für Theater- und Konzertaufführungen interessierte. Kurz bevor Sven nach Fruchtland ausgewandert war, hatten in ganz Stromland Dutzende von Theatern schließen oder ihr Angebot zumindest drastisch verringern müssen. Denn der stromländische Staat stand damals kurz vor der Pleite, obwohl er seinen Bürgern mehr an Steuern abpresste als jeder andere Staat auf der ganzen Welt. Sven fragte sich, ob die Aufführungen, die Herr Humin in Stromland besuchen wollte, heutzutage überhaupt noch stattfanden. Aber er wollte den alten Lehrer nicht beunruhigen, und außerdem war Herr Humin mittlerweile eingeschlummert, wahrscheinlich weil er allzu lange auf Svens Antwort hatte warten müssen.

Auch Sven ließ seine Rückenlehne nun nach hinten schwingen und machte die Augen zu. Wenn die klassische Musik in Stromland heute wirklich noch so sehr gefördert wird, wie Herr Humin es anzunehmen scheint, dachte er im Einschlafen – dann müsste Lena ja begeistert sein von einem solchen Land. Sven gähnte, lauschte dem melodischen Schnarchen seines Nachbarn und schlief Augenblicke später ein.

4

Der Seestädter Flughafen war nagelneu und von beeindruckender Größe. Aus allen Himmelsrichtungen kamen Flieger herunter, und in jeder Minute stieg ein halbes Dutzend Flugzeuge in den Winterhimmel auf, der vor Kälte zu glitzern schien. Hochgeschwindigkeitslaufbänder transportierten die Reisenden durch großzügig bemessene Gänge, die hell und luftig wirkten. Doch lange Schlangen an den Einreiseschaltern ließen in Sven dunkle Erinnerungen wach werden – an muffige Beamte, die die Bürger grob und von oben herab behandelten.

Ein wenig betäubt und zerschlagen nach der langen Reise vom einen Ende der Welt zum anderen, reihte sich Sven neben Herrn Humin in eine der Warteschlangen ein. Vor ihnen befand sich eine Großfamilie aus Buntland, deren malerische Gewänder Sven an Bühnenkostüme erinnerten.

Herrn Humins Gedanken schienen einen ähnlichen Weg genommen zu haben. »Ich werde übrigens im ›Theatron‹ absteigen«, erklärte er Sven, »das ist ein ganz neues Hotel direkt neben dem Kulturdom.«

»Kulturdom?«, wiederholte Sven.

»Sagen Sie nur, davon haben Sie noch nichts gehört? Sie waren wohl schon lange nicht mehr in Ihrer alten Heimat?«

»Tja, seit bald zwanzig Jahren …«

Während dieses kleinen Wortwechsels hatte sich die Schlange vor ihnen mit überraschendem Tempo weiterbewegt. Sven und Herr Humin beeilten sich, ihr Handgepäck einzusammeln und zu der buntländischen Großfamilie aufzuschließen, die soeben in ihren bodenlangen Gewändern vor den Einreiseschalter wallte.

»In diesem Kulturdom«, erläuterte Herr Humin, »werden jeden Abend drei Konzerte, vier Opern und ebenso viele Theaterstücke aufgeführt – und alles auf höchstem Niveau und dabei in angenehm privater Atmosphäre! Wenn Sie einmal nicht wissen, was Sie mit sich anstellen sollen, rufen Sie mich doch einfach im ›Theatron‹ an. Es wird mir ein Vergnügen sein, Ihnen die Wunderwelt Ihres Kulturdoms zu zeigen, Sie werden staunen, mein Lieber …«

Aber Sven hörte diesen Ausführungen nur noch mit halbem Ohr zu. Was er vor sich erblickte, erstaunte ihn so sehr, dass er sogar versäumte, Herrn Humins Erläuterungen mit ein paar höflichen Brummtönen zu versehen.

Nun schau sich das einer an, dachte Sven.

Er war felsenfest überzeugt gewesen, dass es mindestens eine halbe Stunde dauern würde, bis der buntländische Clan durch die Einreiseschleuse hindurchgewallt wäre. Allzu oft hatte er in früheren Zeiten mit angesehen, wie Leute hierzulande behandelt wurden, deren Kleidung, Hautfarbe oder Haartracht auch nur einen Deut vom stromländischen Durchschnitt abwichen. Die Grenzbeamten hatten sämtliche Gepäckstücke durchwühlt, jeden Stempel im Pass mit der Lupe betrachtet und die Reisenden bei alledem grob und herablassend abgefertigt.

Doch zumindest seinen Beamten hinter den Einreiseschaltern hatte Stromland offenkundig einen Crashkurs in Sachen Freundlichkeit und Geschwindigkeit verordnet. Staunend beobachtete Sven die junge Frau hinter der Sicherheitsscheibe, die mit entspanntem Lächeln zuhörte, während das buntländische Oberhaupt gestenreich auf sie einredete. Als sie ihm schließlich antwortete, sprach sie tatsächlich buntländisch, und das fand Sven für eine stromländische Beamtin wirklich sehr bemerkenswert.

Die junge Frau hinter dem Schalter deutete jetzt auf den Scanner vor der Schleuse, und dann ging alles ganz schnell. Die buntländische Großfamilie zückte ihre Identitätskarten, zog sie einer nach dem anderen durch den Scanner und schaute zur gleichen Zeit in die Kamera, welche die zentralen Punkte ihrer Gesichtsformen und den Augenhintergrund mit den Daten auf den Karten verglich. Im Nu war das ganze buntländische Dutzend durch die Schleuse gewallt, und Herr Humin sammelte abermals sein Handgepäck zusammen und machte es ihnen nach.

»Und wo werden Sie in Seestadt wohnen, Herr Laufer?«, fragte er, während er die Schleuse passierte.

»Bei einem ehemaligen Studienkollegen … oder wahrscheinlich eher im Hotel«, antwortete Sven, nachdem er sich einen Moment besonnen hatte. »Vielen Dank für die Einladung, ich rufe Sie an, ganz bestimmt, Herr Humin.« Er winkte ihm zum Abschied zu, aber seine Aufmerksamkeit hatte sich schon wieder von dem alten Herrn abgewandt, der sich mit entschlossenen Bewegungen seinen kleinen Reiserucksack über die Schulter warf und hinter der Schleuse durch die aufgleitende Glastür trat.

Die Halle vor der Glastür war voll mit Leuten, die ihre Angehörigen oder Geschäftspartner abholen wollten. Doch in der riesigen Menge junger und alter Gesichter, die allesamt vor freudiger Erwartung zu strahlen schienen, nahm Sven bewusst nur ein Gesicht wahr: das Gesicht seines alten Studienkollegen Marius Bonheur, der darauf bestanden hatte, Sven am Flughafen abzuholen. Gestern, nach seinem zweiten Telefongespräch mit Sonja Brückner, hatte Sven ihm in einer kurzen Nachricht angekündigt, dass er am nächsten Tag nach Seestadt kommen werde, und seine Mail fast im gleichen Moment bereut. Marius hatte sofort geantwortet: »Großartig – ich hole dich ab, und du wohnst natürlich bei mir. Keine Widerrede, Sven!«

Sven hatte auch nicht widersprochen, aber er hatte sich gesagt, dass er ja trotzdem vom Flughafen direkt ins Hotel fahren könnte – falls Marius ihm zu sehr auf die Nerven fiel. Und Su hatte natürlich Recht, dachte er jetzt, selbstverständlich war es eine gute Gelegenheit, alte Freunde aus der Studienzeit wieder zu treffen. Aber warum ausgerechnet Marius, dessen fast sozialistische Staatsgläubigkeit ihm schon damals gegen den Strich gegangen war? Marius war eitel, widersprüchlich und anstrengend, in gewisser Weise verkörperte er geradezu das alte Stromland, aber er war doch, sagte sich Sven, auch sein Freund.

»Willkommen im schönen neuen Stromland.« Marius begrüßte ihn mit einem ironischen Lächeln, das schon vor zwei Jahrzehnten für ihn charakteristisch gewesen war. »Früher hättest du dein Gepäck selbst auf einer Karre zum Ausgang schieben müssen, du armer Kerl«, fuhr er fort. »Aber heute ist in Stromland alles besser – such dir einen Lakaien aus!« Er deutete auf ein halbes Hundert junger und älterer Männer, die neben dem Gepäckband bereitstanden und Hemden mit der Aufschrift »Ihr Kofferträger« oder »Erstklassiger Gepäckservice« trugen.

Als Sven seinen Flug in Fruchtland gebucht hatte, war

er wie üblich gefragt worden, ob sein Gepäck direkt zum Hotel gebracht werden sollte oder ob er selbst es an der Gepäckausgabe im Flughafen abholen würde. Normalerweise hätte er sich für die bequemere Variante entschieden, aber damit ihm zumindest die theoretische Möglichkeit blieb, bei Marius zu Hause abzusteigen, hatte er diesmal das altertümliche Verfahren gewählt.

Und was ist denn auch dagegen zu sagen, dass diese Leute ihr Geld mit Koffertragen verdienen?, dachte Sven. Aber im gleichen Moment spürte er, dass er jetzt überhaupt keine Lust hatte, sich Marius Bonheurs scharfzüngige Polemik anzuhören. Er erinnerte sich noch gut an dessen leidenschaftliche Reden – für Marius war es mit Stromland hauptsächlich deshalb bergab gegangen, weil sich Manager und Unternehmer auf Kosten von Arbeitnehmern und Staat bereicherten. Noch als Student war er der Versorgerpartei beigetreten, zu deren bekanntesten und gefürchtetsten Politikern er heute gehörte. Sven und vor allem ihr Studienkollege Lars Flüssen hatten damals schon die Ansicht vertreten, dass die stromländische Misere mit einem übermächtigen Staat zusammenhing, der die Bürger und Unternehmen über Gebühr zur Kasse bat und Eigeninitiativen allzu oft lähmte. Dagegen kämpften Marius und seine Versorgerpartei für einen möglichst starken Staat und mehr Arbeitnehmerrechte.

»Ich bin müde, Marius«, murmelte Sven, »und mir brummt der Kopf – der lange Flug … Bringst du mich zu einem Taxi? Ich muss jetzt erst mal ins Hotel – das war leider nicht anders zu machen«, beeilte er sich hinzuzufügen, als Marius' Gesicht düster wurde. »Einige PremXLog-Leute wollen mich gleich morgen früh zu einem ersten Meeting treffen, es hätte also wenig Sinn, wenn ich bei dir absteigen würde. Aber wenn's dir recht ist, gehen wir morgen Abend zusammen essen – da haben wir dann Gelegenheit, in Ruhe zu reden. Es ist ja wirklich lange her, dass wir uns zuletzt gesehen haben.«

Und doch sah Marius Bonheur eigentlich noch genauso aus wie vor anderthalb Jahrzehnten. Im Gesicht und um die Hüften war er deutlich fülliger geworden, aber seiner Vorliebe für teure Anzüge war er offenbar treu geblieben, und zweifellos galt er heute wie damals bei den Mitgliedern der Versorgerpartei als bunter Hund – ein Mann, der wortgewaltig für ihre Sache kämpfte, obwohl er allem Anschein nach keiner von ihnen war.

»Dann kommst du aber morgen Abend zu mir nach Hause«, verlangte Marius sichtlich enttäuscht.

Sven stimmte sofort zu und bedankte sich für die großzügige Einladung. Auf diese Weise würde er immerhin zu sehen bekommen, wie so ein Starpolitiker der Versorgerpartei im heutigen Stromland lebte, und das interessierte ihn natürlich sehr.

»Aber Taxi kannst du vergessen«, fügte Marius hinzu. »Das können sich nur noch die Spitzenverdiener leisten – die kleinen Leute müssen mit der Magnetschwebebahn vorlieb nehmen. Dieses Wunderwerk der Technik hat auf einen Schlag ein paar tausend Bahn-, Taxi- und Busfahrer arbeitslos gemacht. Ein großer Fortschritt, was Geschwindigkeit und Komfort angeht – und gleichzeitig ein noch viel größerer Rückschlag für den Arbeitsmarkt.«

Sven beschloss, seine Ohren auf Durchzug zu stellen. Neben Marius Bonheur trottete er durchs Ankunftsterminal, eine riesige, lichtdurchflutete Halle, in der Leute aus aller Welt durcheinander wuselten. Wohlgefällig ruhte sein Blick auf einer jungen Zuckerhütlerin, die soeben ihren Gefährten umarmte. Buntländer wallten in großen Gruppen durch die Menge, aber bei den meisten Leuten hätte man gar nicht sagen können, aus welchem Land sie nun tatsächlich stammten. Früher konnte man Stromländer meist an ihrer eher düsteren Miene erkennen. Entweder hatten die meisten von ihnen dieses Merkmal abgeschüttelt – oder es befanden sich außer Marius Bonheur und ihm selbst nur sehr wenige Stromländer in diesem Terminal.

»Hey, was ist das denn?« Sven blieb plötzlich stehen und starrte den riesigen Monitor an, der einen Teil der Terminalwand bedeckte. Eine Traube von Menschen stand davor, die Leute tippten mit ihren Fingern auf dem gigantischen Bildschirm herum, und da erst erkannte Sven, dass diese Multimediawand aus mindestens drei Dutzend großflächigen Monitoren bestand. Unablässig flackerten neue Bilder auf und erloschen wieder. Sprecher setzten zu Erklärungen an, Poprhythmen erklangen und wurden durch andere Geräusche abgelöst oder überlagert.

Sven trat näher an die interaktive Wand heran. So etwas hatte er noch nie gesehen, nicht einmal in Größtland oder Fruchtland. Im unteren Bereich der Bildschirmwand gab es Comics und Videospiele für die Kids. Mindestens zehn Jungs und Mädchen standen davor, tippten angeregt auf den Monitoren herum oder sahen fasziniert zu, wie ein Monster aus dem Weltraum sich in atemberaubendem Tempo in eine Reihe erstaunlicher Kreaturen verwandelte. Eine Ebene darüber wurden verschiedene Musikvideos gezeigt, daneben gab es virtuelle Führungen zu den kulturellen Highlights von Seestadt. Eine Doku lud dazu ein, im vollautomatischen Cockpit der Magnetbahn mitzufahren, und wenn man auf den Monitor daneben tippte, begann ein weltberühmter Fußballer vom FC Seestadt Schwindel erregende Tricks mit dem Lederball vorzuführen. In der obersten Etage der Monitore wurden außerdem die üblichen Airport-Informationen geboten – Ankunfts- und Abflugdaten, Flugplanänderungen, Übersichtspläne.

Endlich hatte sich Sven bis in die vorderste Reihe durchgerangelt. Er tippte auf einen der Monitore, und auf dem Bildschirm erschien das lächelnde Gesicht einer jungen Frau. »Benötigen Sie ein Ticket für ein klassisches Konzert oder für das ›Cinema der Sinne‹? Möchten Sie ein Hotelzimmer buchen oder einen Tisch im Restaurant reservieren? Bitte schieben Sie rechts unter dem Monitor Ihre ID-Card ein und sagen Sie mir, was ich für Sie tun kann.«

»Komm jetzt«, rief Marius.

Sven ließ sich von seinem alten Studienkollegen weiterziehen, aber er drehte sich noch mehrmals nach der interaktiven Bildschirmwand um, auf der jedes Mal andere Videos und Info-Grafiken zu sehen waren.

Träume ich?, dachte Sven. Er kam sich vor, als ob er über dem Boden schwebte, und so verhielt es sich ja tatsächlich: Marius und er saßen im vordersten Waggon der Magnetschwebebahn, die mit einem kaum hörbaren Sirren zwischen verschneiten Wäldern und Siedlungen auf die stromländische Hauptstadt zuraste. Der Wagen war voll besetzt, aber jeder Passagier hatte einen Sitzplatz, und der Raum war so großzügig bemessen, dass man sich durch seine Mitreisenden nicht bedrängt fühlte. Männer und Frauen in Business-Kluft, Leute in farbenfrohem Freizeit-Look und Handwerker im Overall saßen bunt gemischt nebeneinander. Die lange Strecke vom Flughafen bis ins Zentrum der Stadt war überraschend preiswert – fünf stromländische Taler. Der Streckenplan auf den Monitoren, die an verschiedenen Stellen im Waggon angebracht waren, zeigte ein dicht gewobenes Netz, das die gesamte Stadt überzog und mit einzelnen Linien weit darüber hinausreichte – nach Norden bis zur Großen Heringsee oder nach Süden bis in die Ausläufer des Filzhutgebirges.

Svens beide Koffer befanden sich in einem Schließfach nebenan im Gepäckabteil. Vorhin im Flughafen hatte er um des lieben Friedens willen auf einen Gepäckträger verzichtet. Stattdessen hatten Marius und er jeder einen enormen Reisekoffer vom Band gewuchtet und die Gepäckkarre dann mühsam durch die Menschenmenge gesteuert. Aber Sven verstand immer noch nicht, was so schlecht daran sein sollte, wenn man sich von jemandem helfen ließ, der so etwas besser als man selbst konnte und außerdem mit diesem Service sein Geld verdiente. In Fruchtland und anderen Boom-Ländern war das ganz selbstverständlich.

Panoramascheiben, die sich je nach Sonnenstrahlung dunkler oder heller färbten, zogen sich bis ins Waggondach hinauf und gewährten freien Ausblick auf die vorbeifliegende Landschaft. Allerdings waren da draußen nur wenige Einzelheiten zu erkennen, so pfeilschnell jagte die Schwebebahn dahin. Sven wurde sogar ein wenig schwindlig, wenn er länger als ein paar Sekunden nach draußen schaute. Aber das kam vielleicht auch daher, dass er diese beiden Dinge in seinem Kopf einfach nicht zusammenbringen konnte – das todmüde, sterbensstarre Stromland seiner Erinnerung und diese raketenschnelle Magnetschwebebahn. Man fühlte sich wie von der Schwerkraft befreit, alles bekam eine ungeheure Leichtigkeit, wenn man es von diesem straff gefederten Sitz aus betrachtete, und die anderen Leute im Waggon schienen es ähnlich zu empfinden: Sven sah fast nur heitere Gesichter, strahlende Augen wie bei Kindern, die plötzlich entdeckt hatten, dass sie zaubern konnten.

»Lass dich bloß nicht blenden«, brummte Marius, der ihn von der Seite beobachtet hatte. »Diese Züge sind vor allem Geldmagneten für die Hersteller und Betreiber der Schwebebahn.«

Sven schenkte ihm ein flüchtiges Lächeln, und Marius redete weiter und weiter, aber sein Gast aus Fruchtland hörte ihm nicht mehr zu. Eben erreichten sie den östlichen Rand von Seestadt, und Sven wappnete sich innerlich gegen den Anblick abscheulicher Betonhochhäuser, die seiner Erinnerung nach diesen Teil der Hauptstadt wie ein graues Geschwür überzogen. Aber wie er sich auch den Hals verdrehte – vor den Fenstern zogen keinerlei Plattenbauten oder sonstige Architekturgräuel, sondern großzügige Wohnquartiere mit Stadtvillen, begrünten Plätzen, südländischen Cafés unter riesigen Glashauben vorbei.

Dann wieder kamen sie durch Wohnviertel, die offenbar hauptsächlich von Leuten aus anderen Ländern bewohnt wurden. In einer Straße herrschte ein malerisches Treiben, als ob sie plötzlich nach Buntland geraten wären – Leute in wallenden Gewändern schritten auf den Bürgersteigen entlang, und selbst die Vorhänge hinter den Fenstern schienen länger und bunter als anderswo. Kurz darauf jagten sie lautlos durch ein Quartier, das Sven an die Straße in der fruchtländischen Hauptstadt erinnerte, wo er mit Su und den Kindern in einem geräumigen Appartement mit Dachterrasse lebte. Auch das Treiben auf der Straße da draußen kam ihm typisch fruchtländisch vor – überall Leute, die Pick-ups ent- oder beluden, Handwerker im Laufschritt und Paketboten, die ihre Fracht tollkühn durchs Getümmel balancierten.

»Bahnhof Posthalter Platz«, verkündete eine melodische Stimme, und während die Magnetbahn automatisch abgebremst wurde, erschienen auf den Monitoren unter der Waggondecke Videobilder der Station, die sie gleich erreichen würden. Ein Straßenplan wurde eingespielt, mit einigen wichtigen Gebäuden in der Umgebung des Bahnhofs. Auch Svens Hotel war aufgeführt, das »Atlantis«, keine zweihundert Meter vom Bahnhof entfernt. Trotzdem war Sven gespannt, wie sie nun die Kofferfrage angehen würden – ob Marius darauf bestehen würde, dass sie jeder einen zentnerschweren Koffer zu Fuß durch die City schleppten.

5

»Guten Tag, Herr Laufer, ich bin Kai Reiter. Im Namen des ›Atlantis‹ heiße ich Sie herzlich in Seestadt willkommen.«

Noch bevor Sven auch nur Gelegenheit gefunden hatte, sich nach einem Kofferträger umzusehen, stand schon dieser kräftig gebaute junge Mann vor ihnen und lächelte Sven strahlend an. Er hatte bürstenkurze blonde Haare und trug eine scharlachrote Livree in nostalgischem Stil. An seinem Revers steckte ein Schild mit der Aufschrift »Kai Reiter – Gepäckservice, Hotel Atlantis«.

»Wie haben Sie uns denn gefunden?« Marius Bonheur sah argwöhnisch von dem jungen Hotelbediensteten zu Sven. »Hast du von der Bahn aus im Hotel angerufen?«, fragte er Sven. »Ich habe gar nichts bemerkt!«

Sven schüttelte Kai Reiter die Hand und gleichzeitig seinen Kopf in Marius' Richtung. »Sehr erfreut, Herr Reiter. Ich nehme an, da hat sich das ›Atlantis‹ einen neuen Service einfallen lassen? Zumindest bei uns in Fruchtland gibt es so etwas meines Wissens noch nicht. Aber du wirst zugeben, Marius, dass wir alleine uns mit meinen beiden Riesenkoffern ziemlich schwer getan hätten.«

Kai Reiter hob Svens Gepäckstücke so mühelos an, als ob es sich um gewichtlose Pappattrappen handelte. Er legte sie übereinander auf einen kleinen Elektrowagen. »Wir vom ›Atlantis‹ sind tatsächlich die Ersten«, erklärte er mit sichtlichem Stolz, »die diese neue Dienstleistung anbieten. Ihre Flugkarte für den Check-in am Flughafen ist gleichzeitig Ihre Schlüsselkarte bei uns im Hotel – und auf der Karte wurde, als Sie Flug und Hotel gebucht haben, mit eingespeichert, dass Sie Ihr Gepäck selbst transportieren und diesen Abholservice in Anspruch nehmen möchten. Sobald Sie sich dem Hotel auf dreihundert Meter Entfernung nähern, erscheinen auf einem Monitor in der Rezeption die entsprechenden Informationen, und man schickt jemanden aus unserer Abteilung los.«

Beeindruckt zog Sven seine Flugkarte aus der Tasche und drehte das rechteckige Plastikteil in der Hand hin und her. Da hatte sein altes Stromland doch tatsächlich einmal die Nase vorn! Und wie es aussah, galt das nicht nur für diesen netten kleinen Extraservice, sondern mindestens auch für die interaktive Wand oder die Magnetschwebebahn, die Liam mit einem vollkommen zutreffenden Attribut versehen hatte: superkrass.

»Und was ist mit dem Datenschutz?«, grummelte dagegen Marius.

Der junge Mann vom Hotelservice warf ihm einen erstaunten Blick zu. »Na ja«, sagte er, »man kann den Chip natürlich auch ausschalten. Wenn Sie einfach auf diesen kleinen Sensor drücken …« Er deutete mit der Fingerspitze auf eine Ecke der Speicherkarte, die flach auf Svens Handteller lag. »… dann schaltet sich die Karte aus, und natürlich können wir Sie dann auch nicht mehr orten.«

Sven grinste Marius mit einem Augenzwinkern zu. »Tja, es gibt bestimmt Situationen, mein Lieber, in denen man besser nicht vom Abholservice geortet werden will. Aber diese hier gehört eindeutig nicht dazu – ganz im Gegenteil. Gehen Sie ruhig schon voraus«, fügte er an Kai Reiter gewandt hinzu. »Ich will mich nur noch verabschieden.«

Kai Reiter startete den Gepäckwagen mit einem diskreten Druck auf einen der Goldknöpfe an seiner Livree. Unter leisem Surren setzte sich die Karre in Bewegung, und der junge Mann schlenderte hinterdrein, wobei er das Gefährt anscheinend mit Hilfe von Sensoren steuerte, die in seine Jacke eingearbeitet waren. Es sah aus, als ob er nur müßig mit seinen Jackettknöpfen spielte, aber währenddessen kurvte die Karre mit Svens Koffern zielsicher durch die Menge, die über eine stufenlose Rampe vom Bahnsteig hinunter auf den stark belebten Posthalter Platz strömte.

»Morgen Abend reden wir in Ruhe miteinander«, sagte Sven zu Marius, obwohl er wenig Lust hatte, sich noch mehr von Bonheurs skeptischen Ja-Abers anzuhören.

»Aber du kommst zu mir nach Hause«, sagte Marius und nannte eine Adresse, die nach Svens Erinnerung zumindest früher zu den teuersten in ganz Seestadt gehört hatte. »Oder willst du lieber in ein Restaurant? Seit kurzem gibt es da in der Friedensstraße einen zenonischen Gaumentempel – vom Feinsten, sag ich dir!« Er küsste seine Fingerspitzen. »Aber dorthin gehen wir vielleicht lieber ein anderes Mal. Zu Hause, bei einem Glas Wein, lässt es sich doch am besten über die alten Zeiten reden.« Er reichte Sven seine Rechte. »Also bis morgen Abend bei mir!«

Damit wandte Marius sich ab und ging mit federnden Schritten davon, sein Mobiltelefon in der Hand, das sich mit einer energischen Fanfare gemeldet hatte. Solange Sven ihn kannte, war Marius immer ein wandelnder Widerspruch gewesen – und auf seine Weise erfolgreich. Kopfschüttelnd schloss Sven zu dem Jungen in der roten Livree auf, der am Ausgang der Bahnstation auf ihn wartete.

Das »Atlantis« war ein imposantes Gebäude aus dem siebzehnten Jahrhundert. Verglichen mit Fruchtland, war Svens frühere Heimat ein uraltes Land mit zahlreichen ehrwürdigen Traditionen. Und während er an der Fassade des Hotels emporsah, die mit kunstvollen Schnörkeln übersät war wie eine steinerne Geburtstagstorte, durchströmte Sven auf einmal ein gewaltiges Glücksgefühl: Er war tatsächlich wieder zu Hause, im Land seiner Kindheit und Jugend – wenn auch nur für einen dreimonatigen Besuch.

Vor dem Portal des »Atlantis«, neben einer mit Fratzen und Engeln verzierten Säule, saß ein Händler in seinem hell erleuchteten Kiosk, vor sich auf dem Tresen ein halbes Dutzend Zeitungen ausgebreitet. Durch den kleinen Verkaufsschalter drang ein Schwall wohlig warmer Heizungsluft zu Sven nach draußen. »*Seestädter Anzeiger! Filzhütische Zeitung!*« Tatsächlich dämmerte bereits der Abend, und Straße und Bürgersteig glitzerten vor Eiskristallen. »*Spiegel der Welt! Zeit im Bild!*« Der Zeitungsverkäufer trug eine Mütze auf dem Kopf, die seinen Haarschopf verdeckte, sein Gesicht sah straff und energisch aus. »*Neue Uhrstädter Zeitung! Glasturmstädter Allgemeine!*«

»Alle diese Zeitungen gibt es immer noch?«, fragte Sven, mehr an sich selbst als an den Händler gewandt. In Fruchtland gab es nur noch eine einzige Tageszeitung, ein dünnes Blatt namens *Der fruchtländische Tag*, und kaum jemand las noch die Papierausgabe, falls man die überhaupt irgendwo bekommen konnte.

»Sie sind wohl nicht von hier, mein Herr?« Der Zeitungsverkäufer grinste Sven an, die Ellbogen auf seinen Tresen gestützt. »Tja, einen so bunten Zeitungsmarkt wie in Stromland gibt es wahrscheinlich auf der ganzen Welt kein zweites Mal. Und wer sich einmal an eine echte Papierzeitung gewöhnt hat, an das Knistern der Seiten, an die ausführlichen Reportagen und Hintergrundberichte – der gibt sich mit den topaktuellen, aber notwendigerweise verkürzenden Meldungen der Bildschirmausgaben nicht mehr zufrieden.« Er nahm ein Exemplar der *Filzhütischen* auf und wedelte damit vor Svens Nase hin und her.

»Ich möchte lieber die *Allgemeine*«, sagte Sven. Er nahm den ineinander gefalteten Papierstapel entgegen und drehte ihn zu einer dicken Rolle zusammen.

Die Handbewegung ließ längst vergessen geglaubte Erinnerungen in ihm wach werden – wie er als Student im zweiten, dritten Semester zu seinen Biologievorlesungen gegangen war, die Morgenzeitung unter dem Arm. Wie er und Su im Park von einem Sommerregen überrascht worden waren und er aus Zeitungsblättern ein Zelt für sie beide errichtet hatte, das von den Regentropfen sekundenschnell durchlöchert worden war.

»Macht drei Taler fuffzig«, sagte der Zeitungsverkäufer. »Sie können sich natürlich auch Ihre individuelle Zeitung zusammenstellen lassen – das Feuilleton von der *Filzhütischen*, den Wirtschaftsteil von der *Glasturmstädter* oder wie es Ihnen eben am besten gefällt.« Er streifte seine Mütze ein wenig zurück, um sich den Kopf zu kratzen. Darunter kamen dünne, silbergraue Haare zum Vorschein – der Händler musste in den Siebzigern sein oder älter. Aber die Hand, mit der er nun rasch den Scanner über das Code-Feld der Zeitung zog, wirkte so ruhig und stark wie die eines viel jüngeren Mannes. »Wenn Sie die Abbuchung bestätigen würden«, sagte er.

»Sehen Sie mir meine Neugierde bitte nach.« Sven zog sein Handy aus der Tasche, hielt das Scannerauge kurz über den Strichcode auf seiner Zeitung, legitimierte sich durch seinen Fingerabdruck und drückte die Bestätigungstaste. Auf seinem Display erschien der Vermerk, dass dreieinhalb stromländische Taler von seinem Konto abgebucht würden. »Macht es Ihnen Spaß, hier in diesem Kiosk Zeitungen zu verkaufen?«

Wieder grinste der alte Händler Sven an. »Es würde mir noch mehr Spaß machen«, antwortete er, »wenn ich nicht von der Arbeit abgehalten würde.« Er deutete mit einer Kopfbewegung hinter Sven, der sich erschrocken umwandte.

Eine Traube von mindestens zehn Leuten stand hinter ihm und wartete mehr oder weniger geduldig darauf, dass der redselige Kunde davorn seinen Plausch mit dem Zeitungshändler beendete. »Oh, das ist mir aber … Nichts für ungut!«

Sven wollte schon machen, dass er durch die Hoteltür kam, aber der Zeitungsverkäufer hielt ihn mit einer Handbewegung zurück. »Scherz beiseite«, sagte er. »Natürlich macht es mir großen Spaß, in meinem Alter noch eine Aufgabe zu haben, durch die ich mit Leuten zusammenkomme und mir ein paar Extrataler verdienen kann. Ich werde in Kürze fünfundsiebzig – mich zu Hause in den Sessel setzen und dem Staubsauger zuschauen, wie er um mich herum Pirouetten dreht, kann ich in zehn Jahren immer noch.«

Die Leute murmelten zustimmend, und Sven wünschte dem älteren Herrn alles Gute und verschwand nun endgültig in seinem Hotel.

Wie sich herausstellte, wurde er in der Lobby bereits erwartet. Neben Kai Reiter, der an dem Wagen mit Svens Koffern lehnte, stand ein schlanker, hoch gewachsener Mann in den Dreißigern, im dunklen Anzug und mit dem

Lächeln eines Menschen, dem Höflichkeit und Diensteifer zur zweiten Natur geworden waren.

Er stellte sich als Holger Degen vor, und Sven schüttelte ihm die Hand. »Ich bin Ihr Personal Manager, solange Sie im ›Atlantis‹ wohnen«, sagte er. »Wenn Sie irgendetwas brauchen – ein Veranstaltungsticket, eine Wegbeschreibung oder was auch immer –, wenden Sie sich bitte an mich. Sie erreichen mich Tag und Nacht unter dieser Nummer.« Er überreichte Sven seine Visitenkarte. »Ihre Schlüsselkarte haben Sie ja bereits. Wenn Sie einverstanden sind, begleite ich Sie jetzt zu Ihrem Apartment.«

Die Lobby des »Atlantis« sah aus wie die Empfangshallen von Hotels der gehobenen Kategorie auf der ganzen Welt. Marmor, Leder, edles Holz. An der Seite von Holger Degen ging Sven über einen buntländischen Teppich von den Ausmaßen einer Fußballarena. Aber zu seiner Überraschung führte ihn der jüngere Mann nicht zu einem Lift, sondern durch eine aufgleitende Tür, die in eine gläserne Röhre führte.

Sie gelangten in eine weitläufige Parkanlage, mit verschneiten Bäumen und Hecken, zwischen denen Bungalows und andere kleine Gebäude in unterschiedlichen Formen standen – Rundbauten mit Kuppeln, Häuschen mit zenonischen Pagodendächern oder nüchterne Würfelbauten, wie sie von vielen Fruchtländern bevorzugt wurden.

Von der gläsernen Röhre zweigten schmalere Gänge ab, die gleichfalls verglast waren und zu den einzelnen Gebäuden führten. Holger Degen öffnete eine der Türen und bat Sven voranzugehen. »Es genügt, dass Sie Ihre Schlüsselkarte bei sich tragen. Dann werden Sie von Ihrem Haus identifiziert und können eintreten.«

Sven ging auf die Eingangstür des würfelförmigen Häuschens zu, in dem er offenbar während der nächsten drei Monate leben und arbeiten sollte, jedenfalls wenn er sich mit PremXLog einig wurde. Tatsächlich schwang die Tür auf, als er sich der Schwelle näherte. Hinter den drei Fenstern gingen die Lichter an, und eine leise Melodie erklang, die Sven nach wenigen Takten erkannte. »Wir packen es an, wir eilen voran …« Es war ein populäres Lied, das in diesem Jahr halb Fruchtland vor sich hin pfiff und trällerte – ein Megahit, der den sprichwörtlichen Arbeitseifer und Problemlösungsdrang der Fruchtländer pries und sich gleichzeitig über ihre unverwüstliche Zuversicht ein wenig lustig machte.

Svens Häuschen bestand aus einer kleinen Eingangsdiele, einem geräumigen Wohn-Arbeitszimmer mit komfortablem Bad und einem dahinter gelegenen Schlafzimmer. Das Wohnbüro enthielt einen Schreibtisch für höchste professionelle Ansprüche mit einem Schreibtischstuhl, der sich automatisch den Körperformen anpasste. Man musste nur sein eMO mit dem Bildschirm verbinden und konnte anfangen zu arbeiten. Der Monitor des Bildschirmtelefons war fast doppelt so groß wie die Terrassentür, die auf eine kleine Veranda führte.

Angenehm überrascht sah sich Sven alles an, während Holger Degen in der Tür stand und gelegentlich kurze Kommentare einwarf. Das Wohn-Arbeitszimmer enthielt auch einen Konferenztisch, an dem man Meetings oder Arbeitsessen mit vier oder notfalls auch sechs Personen veranstalten konnte. Im Eingangsbereich gab es eine kleine Servicenische mit Kaffee- und Teeautomat und einem Kühlschrank voller Getränke aller erdenklichen Sorten und Marken.

»Was Sie verbrauchen, wird automatisch ersetzt«, erklärte Holger Degen. »Ihr Frühstück und jede andere Mahlzeit wird Ihnen hier im Bungalow serviert – es sei denn, Sie wünschen, in einem unserer Hotelrestaurants zu speisen. Im Schrank neben dem Kaffeeautomaten finden Sie übrigens auch einen Vorrat StromfiX – der neueste Hit unter den Gesundheits- und Fitness-Präparaten, in Stromland kreiert und natürlich rein biologisch. Und wenn Sie einen besonderen Menüwunsch haben, zum Beispiel für ein Essen mit Ihren Arbeitspartnern, rufen Sie mich bitte an, Herr Laufer, wir stellen Ihnen gern auch Servicepersonal für jeglichen Bedarf kurzfristig zur Verfügung.«

Zuletzt zeigte ihm sein Personal Manager noch, wie er über den PC seine Schlüsselkarte individuell programmieren konnte, so dass er künftig mit einer Melodie seiner Wahl begrüßt wurde, wenn er durch die Tür kam, die von ihm bevorzugten Lichter angingen und die Klimaanlage sich auf der gewünschten Stufe einschaltete. Schließlich zog sich Holger Degen zurück, während Sven seine Koffer öffnete und anfing, seine Sachen in Schränken und Schubladen zu verteilen. Auch diese Aufgabe hätten die Leute vom Hotel übernommen, wenn er dies gewünscht hätte, aber nach dem langen Flug und der Flut neuer Eindrücke, die seit seiner Ankunft in Stromland auf ihn eingeprasselt waren, wollte Sven im Moment nur noch eines: ein wenig Zeit für sich allein, um sich zu entspannen und neue Kräfte nachzutanken.

Er ging zur Küchennische, fand die Schachtel mit der Aufschrift StromfiX und spülte eine Bio-Pille mit einem großen Glas frisch gepressten Fruchtsaft hinunter.

Dass er nicht drei Monate lang in einem Hotelzimmer leben musste, war eine wunderbare Neuigkeit. In diesem Häuschen würde er sich weniger wie ein Fremder auf Durchreise fühlen und mehr wie ein gewöhnlicher Einwohner von Seestadt. Allerdings würde diese Entwicklung bei seiner Familie nicht auf einhellige Begeisterung stoßen.

Zu Hause anrufen würde er später, entschied Sven. Sowieso war es in Fruchtland jetzt noch früher Morgen. Er setzte sich an seinen Schreibtisch und schaute seine Mailliste durch.

In einer kurzen Nachricht versicherte ihm Sonja Brückner, dass sie sich sehr freue, ihn morgen um acht Uhr zu einem Kennenlern-Frühstück im Restaurant »Pflüger« zu begrüßen, das sich im obersten Stockwerk des »Atlantis« befand.

In einer Video-Mail erklärte ihm Su, dass sie alle schon sehr gespannt auf seine Berichte aus Stromland seien, und riet ihm, nach seiner Ankunft erst mal ein paar Stunden zu schlafen.

Sven rieb sich die Augen. Sus lächelndes Gesicht auf dem Bildschirm fing an, sich langsam vor ihm zu drehen.

IHR LIEBEN, BIN GUT GELANDET, WIE BESOFFEN VON NEUEN EINDRÜCKEN. MEIN HOTELZIMMER IST EIN SCHICKES HÄUSCHEN ZUM WOHNEN UND ARBEITEN – MITTEN IN DER STADT. DU WÜRDEST STROMLAND NICHT WIEDERERKENNEN, SU. BIN SCHON MAGNETBAHN GEFAHREN, LIAM! LASST MIR WENIGSTENS EINE FLASCHE VON MEINEM ZUCKERHUTWEIN ÜBRIG, LENA UND TIM! UND WAS GLAUBT IHR, WER NEBEN MIR IM FLIEGER GESESSEN HAT – HERR HUMIN, DER EIN PAAR TAGE IN STROMLAND VERBRINGEN WILL, WEIL ES NACH SEINER ÜBERZEUGUNG NIRGENDWO AUF DER WELT BESSERE KONZERTE ZU HÖREN GIBT. ICH RUFE EUCH GEGEN MITTAG (FRUCHTLÄNDISCHE SOMMERZEIT) AN. VIELE GRÜSSE, SVEN

Der Spiegel im Bad zeigte ihm ein Gesicht, das übernächtigt aussah, aber trotzdem zuversichtlich wirkte. Wahrscheinlich hätte ich heute Gram- und Zornesfalten auf der Stirn, dachte Sven, wenn ich damals nicht aus Stromland weggegangen wäre. Aber nein, das stimmte nicht – auch in der Magnetbahn und auf der Straße vor dem Hotel hatte er fast nur fröhliche und entspannte Gesichter gesehen.

Sven brachte eben noch die Energie auf, sich die Kleider vom Leib zu nesteln und unter die Dusche zu taumeln. Dann lag er auf seinem Bett, schloss die Augen und schlief in derselben Sekunde ein.

6

Erwartungsvoll machte sich Sven am nächsten Morgen auf den Weg ins Restaurant »Pflüger«, wo Sonja Brückner mit ihm frühstücken wollte. Wegen der Zeitumstellung war er in der Nacht ein paarmal aufgewacht, trotzdem fühlte er sich ausgeruht und frisch. Gegen Mitternacht, als es in Fruchtland ungefähr zwölf Uhr mittags war, hatte er kurz mit zu Hause telefoniert und über den riesigen Telebildschirm gestaunt, auf dem Su lebensgroß und gestochen scharf erschienen war. So benommen und schlaftrunken, wie Sven sich in der Nacht gefühlt hatte, war er nicht ganz sicher gewesen, ob er träumte oder Su tatsächlich vor sich sah. Jedenfalls hatte ihr Anblick eine heftige Sehnsucht in ihm ausgelöst, aber zu seiner eigenen Überraschung hatte er ihr vom einen Ende der Welt zum anderen zugerufen: »Es ist wunderbar, endlich wieder in Stromland zu sein!«

Oder hatte er auch diesen Ausruf nur geträumt? Sven zog seine helle Anzugjacke über und steckte Schlüsselkarte, Handy und einen DigiPen für seine Notizen ein – mehr würde er bei diesem ersten Treffen nicht brauchen.

Draußen im Hotelpark glitzerten die Bäume hinter den gläsernen Wänden wie Skulpturen aus Eis und Schnee. In der Nacht hatte es offenbar wieder geschneit, und Sven dachte kurz an Fruchtland, wo Su jetzt wahrscheinlich auf der Veranda vor ihrem Strandhaus saß und den Sonnenuntergang genoss, während Liam und seine Freunde im warmen Meerwasser tobten. (Und während Lena mit diesem Tim hinter einem Sandhügel möglicherweise Dinge machte, die Sven sich jetzt lieber nicht vorstellen wollte.)

Mit dem Lift fuhr er in die höchste Etage des »Atlantis« hinauf, wo das Restaurant untergebracht war. Hier oben gab es außerdem Unmengen von Konferenzräumen in jeder Größenordnung. Männer in dunklen Anzügen und Frauen in eindrucksvollen Kostümen eilten umher, auf dem Weg zu ihrem Meeting oder mit dem Mobiltelefon am Ohr, und Sven wunderte sich ein wenig, weil sie alle so laut und unbekümmert aufeinander einredeten. Auch das war früher in Stromland ganz anders gewesen.

Schon vorhin im Sportbereich des Hotels war Sven aufgefallen, wie locker und unangestrengt die meisten Stromländer heutzutage miteinander umgingen. In den Untergeschossen des Hauptgebäudes gab es Fitness-Räume für jeglichen Bedarf, auch mehrere Krafträume und einen gigantischen Simulationssaal, wo man je nach Wunsch durch zenonische Hügel, an buntländischen Seen entlang oder durch irgendeine andere Gegend laufen konnte, auf die man gerade Lust hatte. Von sechs bis halb sieben hatte Sven Gewichte gestemmt, um anschließend auf dem Laufband durch eine virtuelle Landschaft zu joggen. Auf dem Wahlmenü hatte er zuerst »Strand in Fruchtland« angetippt, sich dann aber anders entschieden. Bis zehn nach sieben war er durch einen stromländischen Mischwald gelaufen. Der Waldgeruch war überwältigend gewesen, dazu Vogelgesang und das Rauschen der Baumwipfel – rasch war Sven in einen Zustand völliger Selbstvergessenheit geraten, beinahe wie als kleiner Junge, wenn er im Garten seiner Eltern gespielt hatte, völlig eins mit der Welt, die ihn umgab.

Es war zehn vor acht, als Sven das Restaurant betrat, einen großen, kreisrunden Saal unter der gläsernen Dachkuppel. Von hier aus konnte man weite Teile der City überblicken, ein Meer von Häusern, Dächern, glitzernden Fassaden, alles wie mit Puderzucker bestäubt. Aber Sven nahm dieses berühmte seestädtische Panorama nur am Rande wahr. Er war nämlich kaum in den Saal eingetreten, als sein Blick auf eine junge Frau mit schulterlangen braunen Haaren fiel. Sie saß allein an einem Tisch und schaute mit verträumtem Gesichtsausdruck auf die Stadt hinunter.

Dieser Anblick verwirrte Sven im ersten Moment sehr. Die junge Frau, die einen schneeweißen Blazer trug, erinnerte ihn an eine Person, die ihm einmal sehr nahe gestanden hatte, und Sven musste sich zusammenreißen, damit er nicht mitten im Restaurant stehen blieb und sie unhöflich anstarrte.

Stattdessen verharrte er neben einer Säule und beobachtete sie halbwegs verstohlen, und je länger er sie ansah, desto mehr erstaunte ihn die Ähnlichkeit. Sabine war damals ein paar Jahre jünger gewesen – zwei- oder dreiundzwanzig, während die Frau da drüben am Fenstertisch eher schon Ende zwanzig oder Anfang dreißig war. Und doch erinnerte alles an ihr ihn an seine letzte stromländische Freundin, von der er sich vor zwanzig Jahren getrennt hatte, ein paar Wochen bevor er auf jenem Jazzfestival mit Su zusammengestoßen war.

Das Durcheinander in seinem Kopf und anderen Regionen seiner Persönlichkeit wurde noch erheblich größer, als Sabines nostalgische Wiederverkörperung plötzlich ihren Blick durch den Saal schweifen ließ. Ihre braunen Augen blieben auf Sven haften, der sich wie ertappt in Bewegung setzte.

»Herr Laufer?« Sie erhob sich mit einem strahlenden Lächeln. »Ich freue mich«, sagte sie und streckte ihm ihre Hand entgegen. »Ich bin Sonja Brückner. Wir alle bei PremXLog sind sehr glücklich, dass Sie sich entschlossen haben, diese weite Reise zu uns zu machen.«

Sven schüttelte die schlanke Hand, die sich kühl und fest anfühlte. »Ich bin auch … glücklich«, antwortete er wahrheitsgemäß, war aber seinerseits ganz und gar nicht sicher, worauf sich diese Worte bezogen.

Sie tauschten einige höfliche Floskeln aus, und Sven kam langsam wieder zur Besinnung. An Sonja Brückners Seite schritt er zum Frühstücksbüfett, und sie beide löffelten sich Müsli in Schälchen, gaben Obststücke und Quark hinzu und füllten sich große Gläser mit schäumendem Fruchtsaft.

»Wir haben eine kleine Präsentation vorbereitet«, sagte Sonja, »damit Sie möglichst schnell einen umfassenden Eindruck von unserem Unternehmen bekommen – und natürlich von der Aufgabe, die Sie hoffentlich übernehmen werden. Wenn es Ihnen recht ist, fahren wir um acht Uhr fünfundvierzig hinaus zu unserer Zentrale in Apfelburg – das ist nur ein paar Minuten mit der Magnetbahn von hier. Jon Jager, unser Geschäftsführer, erwartet Sie um neun Uhr in seinem Büro, und anschließend …«

Mitgerissen hörte Sven ihrem Redestrom zu. Seine Jugendliebe Sabine musste heute ein- oder zweiundvierzig sein, überlegte er, und auch wenn Sonja ihr wie aus dem Gesicht geschnitten ähnelte, konnten die beiden Frauen auf der anderen Seite doch kaum unterschiedlicher sein.

Mit ihrer zupackenden, fröhlichen Art hätte Sonja Brückner genauso gut eine junge Managerin aus Fruchtland sein können. Sabine dagegen ... Sie war die Ängstlichkeit in Person gewesen. Vor den kleinsten Entscheidungen hatte sie sich und ihre Umgebung mit tausend Bedenken gequält. Ihr zaghaftes, kummervolles Wesen hatte auch Sven damals mehr und mehr gelähmt, langsam, aber sicher hatte sie auch ihn mit ihren ewigen Sorgen und mutlosen Grübeleien angesteckt. Sven hatte sich gefühlt wie jemand, der tagtäglich kleine Dosen eines Giftes zu sich nimmt und mit jedem Tag noch etwas schwächer, ängstlicher und unbeweglicher wird. Mit letzter Kraft hatte er sich damals von Sabine getrennt, wochenlang noch von schlechtem Gewissen geplagt, bis er an jenem folgenreichen Regentag Su kennen gelernt hatte.

»Ich bin schon sehr gespannt«, versicherte er Sonja. »Je mehr Informationen ich bekomme, desto rascher können wir feststellen, ob ich überhaupt der richtige Mann für diese Aufgabe bin.«

Sonja lächelte ihn siegesgewiss an, und Sven hätte ihr am liebsten gestanden, dass er sich längst entschieden hatte, diesen Job zu übernehmen – was auch immer im Einzelnen von ihm erwartet würde. Aber das hätte in ihren Ohren wahrscheinlich ziemlich seltsam geklungen, und so fragte er stattdessen: »Können Sie mir denn schon mal einen kleinen Hinweis geben, um welches Aufgabenfeld es ungefähr geht?«

Sonja Brückner schob ihre leer gegessene Schale zur Seite und beugte sich so weit zu ihm herüber, dass er ihren Parfümduft in die Nase bekam. *Burning Ice*, dachte Sven (denn er hatte auch schon in der Duftbranche als Feuerwehrmanager gearbeitet und kannte sich infolgedessen mit Parfümsorten einigermaßen aus), während Sonja verschwörerisch murmelte: »Wir möchten Sie dafür gewinnen, unsere Verhandlung mit der Regierung von Stromland zu moderieren.« Sven vergaß für einen Moment zu atmen. »Eine Milliarden-Taler-Angelegenheit – mehr darf ich im Augenblick noch nicht sagen.«

Mit Verspätung atmete Sven aus. »Danke sehr, Sonja, das ist fürs Erste auch mehr als genug.«

Die Magnetschwebebahn beschleunigte so stark, dass Sven in seinen Sitz gepresst wurde. Es fühlte sich an, als ob man in einem startenden Flugzeug säße, aber nur im ersten Augenblick – im nächsten Moment jagten sie bereits wie schwerelos dahin. Keine ratternden Schienen und Räder, keine dröhnenden Motoren oder unsanften Stöße durch Windböen – am ehesten glich es der Reise auf einem fliegenden Teppich. Zu hören war wieder nur dieses leise Sirren, und draußen huschten Häuser, Straßen, Passanten an ihnen vorüber, schattenhaft und so schnell, als ob ein Film mit zehnfacher Geschwindigkeit abgespielt würde.

Die Bahn fuhr teilweise auf den alten Dämmen der früheren Seestädter Hochbahn, dann wieder auf neu errichteten Trassen, in Höhe der Straße oder eine Etage darüber. Einige Minuten lang sah Sven aus dem Fenster, aber wie bei seiner ersten Fahrt mit der Magnetbahn wurde ihm wieder ein wenig schwindlig.

»Eine großartige Erfindung«, sagte er zu Sonja Brückner, die ihm gegenüber in einem der komfortablen Schalensitze saß. »Kaum zu glauben, dass Länder wie Fruchtland diese Entwicklung verpasst haben.« Auch das hatte die Magnetbahn dem Flugzeug voraus – in den Waggons gab es Platz genug, um die Beine auszustrecken. Auf Knopfdruck fuhr ein kleiner Tisch aus der Seitenlehne des Sitzes, und manche Passagiere hatten ihren Laptop oder ein aufgeschlagenes Buch darauf gelegt, während andere seltsam gebannt auf die leere Platte zu starren schienen.

Sonja lächelte gelassen. »Ich weiß schon, früher waren immer wir es, die Entwicklungen zuverlässig verschlafen haben«, sagte sie. »Nehmen Sie den Computer, das Faxgerät, das Interferon, den MP3-Player oder viele andere bahnbrechende Erfindungen – die Patente stammen alle aus Stromland, aber vermarktet wurden sie dann in Größtland, Berganien oder Zenonia. Aber das konnte ja nicht so weitergehen. Auch die Magnetschwebetechnik ist hier in Stromland entwickelt worden, da ist es doch normal, dass wir sie auch als Erste einsetzen.« Sie beugte sich in ihrem Sitz nach vorn, und Sven bekam wieder ihren Parfümduft in die Nase. »Fahren Sie mal mit der Magnetbahn nach Glasturmstadt oder Filzhütingen – danach kommt Ihnen das komfortabelste Flugzeug wie ein Gefängnis vor.«

Sven gab ein paar Brummtöne von sich, die seine Aufmerksamkeit signalisieren und außerdem verschleiern sollten, wie sehr Sonjas Nähe ihn schon wieder verwirrte. Als wäre der Geist der jungen Su in den Körper von Sabine gefahren, dachte er und hatte erhebliche Mühe, sich auf Sonjas Worte zu konzentrieren.

Sie erklärte ihm gerade, dass es in der Magnetbahn vollständig eingerichtete Büroabteile gebe, mit PC, Bildschirmtelefon und genügend Platz für Meetings und Präsentationen. »In den gerade mal zwei Stunden, die der Zug von Seestadt bis Filzhütingen braucht, können Sie Ihre Mails bearbeiten, Berichte schreiben, Telefonkonferenzen oder Arbeitsessen mit Ihren Geschäftspartnern abhalten. Familien mit kleinen Kindern können in kompletten kleinen Wohnungen reisen. Natürlich gibt es auch einen exzellenten Catering-Service an Bord, und wenn Sie fertig gegessen, Ihre Arbeit erledigt haben und Ihnen noch etwas Zeit bleibt, können Sie in den Fitness-Waggon gehen und unterwegs noch ein wenig Sport treiben. Leider sind die Fitness-Abteile immer voll, da sollten Sie also unbedingt vorher reservieren.«

Sven lauschte und staunte. Ohne es richtig zu bemerken, hatte er sich gleichfalls nach vorn gebeugt, so dass Sonjas und seine Nasenspitze sich beinahe berührten. Er bewunderte das funkelnde Braun ihrer Augen und fragte sich, ob das kleine Muttermal auf ihrer rechten Wange ein Produkt ihrer Gene oder ihres Schönheitsdesigners war.

»Und obwohl es sich momentan nicht so richtig lohnt, jedenfalls nicht zum Schlafen«, sagte Sonja und grinste Sven unbekümmert an, »gibt es in den Magnetbahnen seit neuestem sogar Luxusabteile mit Doppelbetten. Demnächst soll das Magnetbahnnetz ja bis nach Weinmark und Berganien verlängert werden.«

Ehe Sven hierauf irgendetwas antworten konnte, schwebten sie in einen offenbar nagelneuen Vorstadtbahnhof ein. »Apfelburg«, sagte eine wohl klingende weibliche Lautsprecherstimme. Jetzt erst erkannte er, dass sich in den kleinen Tischen an den Sitzen Monitore befanden – einige Reisende tippten mit dem Finger darauf herum, um Informationen abzurufen. Auf großen Bildschirmen unter der Waggondecke erschienen verschiedene Bürotürme mit Glas- und Metallfassaden. Über dem größten und spektakulärsten Hochhauskomplex, der wie ein umgekehrtes V geformt war, blinkte der goldene Schriftzug »PremX-Log«.

Vom Magnetbahnhof führte ein verglaster Brückengang direkt in die Eingangshalle der Zentrale von PremXLog. Vorhin hatte sich Sven durch einen jungen Mann aus Kai Reiters Abteilung noch seinen Wintermantel aus dem Bungalow holen lassen – ein dick gefüttertes Exemplar aus Berganien, das er extra für diesen Job bei einem Internetversand bestellt hatte. Aber wie sich jetzt herausstellte, hätte es dieser Vorkehrungen überhaupt nicht bedurft – vom Hotel gelangte man durch die halbe Stadt bis zu PremXLog, ohne sich auch nur einen Augenblick der Winterkälte auszusetzen. Denn auch das »Atlantis« war durch einen unterirdischen Gang mit der Bahnstation verbunden.

In der Lobby des PremXLog-Gebäudes herrschte eine Atmosphäre dezenter Betriebsamkeit. Frauen und Männer in Business-Outfit saßen in Nischen, unterhielten sich murmelnd, telefonierten oder lasen und schrieben auf ihren eMOs. Andere standen vor den riesigen Wandmonitoren, auf denen Wirtschafts- und Wissenschaftsnachrichten aus aller Welt zu sehen waren.

Am Empfangstresen wurden sie von einem groß gewachsenen Mann Anfang dreißig begrüßt, der Sven höflich bat, kurz in eine Kamera zu schauen. »Wir scannen Ihre biometrischen Daten ein«, erklärte ihm der Mann, den ein Schild an seiner Hemdbrust als »Marcel Korner, PremXLog Security« auswies. Er drückte auf ein paar Tasten an seinem Keyboard, und aus einem Ausgabegerät wurde eine kleine Chipkarte ausgeworfen. »Wenn Sie diese Karte bei sich tragen«, fuhr Marcel Korner fort, »können Sie sich hier im Haus im allgemeinen Bereich frei bewegen.«

Sven bedankte sich, und Marcel Korner nickte ihm mit einem höflichen Lächeln zu. Seine Freundlichkeit hatte eine gewisse militärische Strenge, die auf Sven Vertrauen einflößend wirkte. Immerhin hing von ihm und seinen Kollegen die Sicherheit der ganzen Konzernzentrale ab. »Ich habe gerade einen Fortbildungskurs bei CyXBrain belegt«, fügte Marcel Korner zu Svens Überraschung hinzu. »In einer Unterrichtseinheit wurde die wachsende Bedeutung von Innovationsmanagern behandelt, und in diesem Zusammenhang fiel auch Ihr Name, Herr Laufer.«

Sven war sehr geschmeichelt, allerdings mindestens genauso sehr erstaunt. »Innovationsmanager? Was für ein Kurs ist das denn, wenn ich fragen darf?«

»Basiskurs Zukunftsorientierte Betriebswirtschaft.« Marcel Korner schob Sven die Chipkarte über den Tresen. »In den letzten Jahren habe ich Jobs in den unterschiedlichsten Unternehmensbereichen übernommen, bei PremXLog und anderswo. Aber auf mittlere Sicht würde ich gerne so wie Sie arbeiten, Herr Laufer – als externer Problemlöser oder eben als Innovationsmanager, wie Sie in der Unterrichtseinheit genannt wurden.«

Sven war sehr beeindruckt von der Begeisterung und Zielsicherheit, die dieser junge Mann ausstrahlte. »Ich bin sicher, dass Sie Erfolg haben werden, Herr Korner«, sagte er und hätte beinahe vergessen, seine Chipkarte an sich zu nehmen.

Jon Jager, der Geschäftsführer der PremXLog Holding, war ein bulliger Mann in den Sechzigern. Sein Händedruck fühlte sich an, als ob Svens Finger in einen Entsafter geraten wären. Jager empfing Sven und Sonja in seinem Büro, das sich ganz oben in der Spitze des umgekehrten V befand und folglich die Form einer Pyramide aufwies. Der Ausblick war überwältigend, zumal sämtliche Pyramidenwände aus Glas bestanden – es war, als stünden sie auf einer Plattform von zehn mal zehn Metern, die zwischen Himmel und Erde schwebte.

»Lassen Sie uns gleich mitten hineinspringen«, sagte Jager, kaum dass sie an seinem Granittisch Platz genommen hatten. »Ich freue mich sehr, dass Sie so schnell kommen konnten, Herr Laufer. Wie diese Veröffentlichung zeigt, ist es allerhöchste Zeit, dass wir uns um die Lösung unseres Problems kümmern.«

Er tippte mit dem Finger auf den Touchscreen, der in den Tisch eingelassen war. Zuerst erschien das Logo der *Welt im Spiegel*, eines Magazins, das Sven noch aus seiner stromländischen Zeit kannte – damals allerdings hauptsächlich als gedrucktes Heft.

»Weiß der Teufel, wer ihnen das gesteckt hat«, fuhr Jager fort und tippte auf dem Bildschirm herum. »Jedenfalls müssen wir uns ranhalten, wenn wir ein akzeptables Ergebnis erzielen wollen, bevor sich die Medien mit großem Geschrei auf das Thema stürzen.« Er schwenkte den Monitor um hundertachtzig Grad zu Sven und Sonja, die nebeneinander an der anderen Tischseite saßen.

»SCHIEFLAGE IN APFELBURG?«, las Sven. »SPÖTTER BEHAUPTEN SCHON SEIT LANGEM, DASS DIE SCHIEFEN ZWILLINGSTÜRME VON PREMXLOG DIE BEIDEN WICHTIGSTEN BEREICHE DES LOGISTIK-MARKTFÜHRERS SYMBOLISIEREN: DIE ORGANISATION GLOBALER WAREN- UND DATENSTRÖME UND DAS NATIONALE TRANXTRUCK-GESCHÄFT. AUS DEM UMFELD VON PREMXLOG WAR IN LETZTER ZEIT MEHRFACH ZU HÖREN, DASS BEI EINER DIESER BEIDEN SÄULEN DRASTISCHE VERLUSTE DROHEN – BIS HIN ZUR AUFGABE DES BETREFFENDEN KERNBEREICHS.« Neben diesem Text war die PremXLog-Zentrale abgebildet, und darunter stand fettgedruckt:

»WAS GESCHIEHT, WENN EINER DIESER TÜRME UMKNICKT? DIE ZENTRALE VON PREMXLOG«.

Während Sven noch den Artikel las, wurden einige Fenster des Pyramidenbüros dunkler und verwandelten sich in Monitore. Sonja startete die Präsentation mit einer Videosequenz, die im Zeitraffer die Wandlung des Unternehmens von einer herkömmlichen Spedition zum globalen Logistikdienstleister darstellte. Auf der Monitorwand erschien eine Weltkarte, die mehr als hundertfünfzig Unternehmensstandorte blinkten auf, dann wurde auf Stromland gezoomt, und weitere Doku-Bilder zeigten das weltberühmte Autobahnnetz von Stromland.

»Das hier ist das Glasturmstädter Kreuz, ein typischer Autobahnknotenpunkt vor zwanzig Jahren«, sagte Sonja. Aus der Hubschrauberperspektive war ein Spaghettiknoten mit Dutzenden Asphalttrassen zu sehen, und auf sämtlichen Spuren stauten sich Lastwagen, Busse und Autos. »Und das hier ist der gleiche Autobahnabschnitt heute.« Das Bild verschwamm für einen Moment, und als es wieder klar wurde, war derselbe Autobahnknoten sehr viel leerer. Höchstens zwanzig oder dreißig Schwerlastwagen rollten dort über die Schnellstraße, die mit ihren zweimal sechs Fahrspuren und komplizierten Auf- und Abfahrtspiralen deutlich zu groß wirkte, denn auch Autos waren nicht gerade zahlreich unterwegs – höchstens ein Drittel der Blechlawinen, die sich in Svens Jugendzeit über die stromländischen Autobahnen gewälzt hatten. Der Vergleich zeigte überdeutlich, wie sehr die drastisch gestiegenen Ölpreise der alten stromländischen Autoleidenschaft zugesetzt hatten – und wie überfällig die Erfindung des eCoupés gewesen war.

Einige Augenblicke lang ließ Sonja den Kontrast auf

Sven wirken. »Und jetzt noch mal zur Erinnerung, Herr Laufer – die Ursache für diesen Umschwung.«

Die Bilder von der Autobahn heute und vor zwanzig Jahren unterschieden sich noch in einem weiteren Punkt, aber das wurde Sven jetzt erst klar. Früher hatten sich neben den Fahrspuren die Gleise der herkömmlichen Eisenbahn entlanggezogen. Heute dagegen erstreckte sich dort die Trasse der Magnetbahn, die jetzt mit irrwitzigem Tempo durchs Bild raste – ein silbrig glitzernder Pfeil, der lautlos voranschoss, und gleichzeitig ein eindrucksvolles Symbol der neuen stromländischen Dynamik und Stärke.

»PremXLog hat wie kaum ein anderes Unternehmen zum Siegeszug der Magnetbahn beigetragen«, sagte Jon Jager. »Wir haben als Erste erkannt, dass diese neue Technik auf mittlere Sicht einen großen Teil des Flug- und Straßenverkehrs ersetzen kann, jedenfalls in einem dicht besiedelten und hochindustrialisierten mittelgroßen Land wie Stromland. Man musste nur das Netz so ausbauen, dass jede Stadt und jeder Produktionsstandort ab einer bestimmten Größe von der Magnetbahn angefahren wird – vollautomatisch, im Fünfzehn- bis Dreißigminutentakt rund um die Uhr.«

Auf dem Bildschirm wurde jetzt gezeigt, wie ein Magnetgüterzug mit Containern beladen wurde. »Mit der Schwebebahn«, sagte Sonja, »können Sie die Fracht von zweihundert Schwerlastwagen in einem Drittel der Zeit transportieren, die vor zwanzig Jahren über die Autobahn benötigt wurde. Das spart Kosten und ist für alle Beteiligten effizienter.« Der Zug jagte wieder wie schwerelos dahin, und abermals war zu sehen, wie viel schneller er vorankam als die Laster auf der Autobahn.

»Praktisch alle stromländischen Unternehmen sind

mittlerweile von der Straße auf die Magnetbahn umgestiegen«, nahm Jon Jager den Faden wieder auf. »Achtundneunzig Prozent des Frachtaufkommens werden im Inland über die Magnetbahn abgewickelt. Fast alle Lkw, die heute noch über unsere Autobahnen fahren, stammen also aus Anrainerstaaten. Einige unserer Nachbarn fangen mittlerweile an, Magnetbahnnetze aufzubauen, andere diskutieren immer noch die Vor- und Nachteile dieser Technik. Im Inland jedenfalls haben wir durch den Erfolg unseres einen Unternehmensbereichs einer anderen Sparte von PremXLog langsam, aber sicher das Wasser abgegraben.«

Die Bildschirme wurden leer und verwandelten sich in gewöhnliche Fenster zurück. »Dann stimmt also zumindest dieser Teil der Meldung.« Sven deutete auf den Touchscreen mit dem Artikel aus der *Welt im Spiegel*. »Wenn keine Lkw mehr fahren, ist mit TranXTruck auch kein Geld mehr zu verdienen.«

Sonja schaltete den Projektor aus und lächelte Sven zu. Für einen Moment glaubte er wieder Sabine vor sich zu sehen – eine kaum gealterte, verführerisch hübsche Sabine, die nur auf einmal von einem energischen, zuversichtlichen Geist erfüllt war. Wäre sie damals so gewesen, sagte sich Sven, dann hätte ich sie vielleicht nicht verlassen, hätte Su nicht kennen gelernt und wäre nicht nach Fruchtland ausgewandert. Lena wäre nicht geboren worden, und natürlich hätten wir auch niemals Liam aus seinem flutländischen Waisenheim geholt. Mein ganzes Leben wäre anders verlaufen, dachte er und fühlte sich ganz sonderbar – beinahe so konfus und kribblig wie vor zwanzig Jahren, als er jung und frisch verliebt gewesen war.

»Im Gegenteil«, sagte Sonja. Sven wollte schon protestieren, aber glücklicherweise fiel ihm gerade noch rechtzeitig auf, dass ihre Worte sich unmöglich auf seine Gedanken beziehen konnten. »Im Gegenteil – wenn sich die stromländische Regierung durchsetzt, muss PremXLog diesen Unternehmensbereich aufgeben, was für uns in der Tat einen drastischen Umsatz- und Gewinnrückgang bedeuten würde.«

Jager erhob sich und fing an, in seinem Büro auf und ab zu wandern. »Nach wie vor kommen pro Jahr zehntausende Lastwagen über unsere Grenzen ins Land – TranX-Truck könnte also noch jahrelang profitabel arbeiten. Aber die Regierung von Stromland hat vor kurzem in einer internen Kabinettsvereinbarung beschlossen, das Mautsystem TruckXColl baldmöglichst abzuschaffen. Wie Sie sicher wissen, Herr Laufer, wurde die Mauttechnik von der StromTelX entwickelt, dem stromländischen Marktführer im Telekommunikationsbereich. Die StromTelX betreibt auch die gesamte Mautanlage und kassiert dafür vom Staat einen beträchtlichen Anteil der Mauteinnahmen. Offenbar rechnet sich das für den Staat nicht mehr, der von seinen Einnahmen außerdem erhebliche Verwaltungskosten bestreiten muss. Die Regierung verlangt daher, dass die StromTelX die komplette Mautanlage abmontiert.«

»Und da Ihre Technik auf TruckXColl aufbaut«, folgerte Sven, »bedeuten diese Regierungspläne auch das Aus für TranXTruck.«

»So ist es.« Jon Jager kehrte zu seinem Platz auf der anderen Seite des Schreibtisches zurück. »Natürlich wissen wir auch seit langem, dass es hierzu eines Tages kommen würde. Aber wir hatten Grund zu der Annahme, dass TruckX-Coll frühestens in zehn Jahren abgebaut werden sollte. PremXLog und StromTelX sind mitten in Verhandlungen mit Partnern in Buntland und einigen anderen Ländern, die aus verschiedenen Gründen auf viele Jahre hinaus auf den Straßentransport angewiesen sein werden. Aber diese Verhandlungen sind kompliziert und entsprechend langwierig. Bekanntlich gehen die Uhren außerhalb von Stromland etwas langsamer – außer vielleicht in Fruchtland«, fügte er mit einem höflichen Lächeln hinzu. »Wenn wir jetzt gezwungen würden, das gesamte System abzubauen, gäbe es jedenfalls auf der ganzen Welt keine Anlage mehr, an der sich die Funktionsweise in der Praxis vorführen ließe. Unsere Chancen, das System zu verkaufen, würden also drastisch sinken – und wir reden hier nicht von einem netten kleinen Deal, Herr Laufer, sondern von …«

Und er nannte einen Betrag mit derart vielen Nullen vor dem Komma, dass Sven ein wenig schwach in den Knien wurde. Aber das lag vielleicht auch nur daran, dass Sonja weiterhin so dicht neben ihm saß. So oder so war es der enormste Job, der ihm jemals angeboten worden war.

»Mit anderen Worten«, sagte er zu Jager, »Sie möchten, dass ich Ihre Verhandlungen mit der Regierung von Stromland moderiere – mit dem Ziel, eine möglichst lange Übergangsfrist herauszuschlagen?«

Jager nickte. »Und damit die Sache für Sie nicht zu leicht wird, Herr Laufer – es wird eine dritte Partei bei unseren Verhandlungen geben. Die StromTelX hat ihre eigenen Interessen bei dieser Angelegenheit – das Mautsystem können sie auch unabhängig von TranXTruck anbieten, während wir umgekehrt von TruckXColl vollkommen abhängig sind. Natürlich haben wir die Zustimmung von Regierung und StromTelX schon eingeholt«, fügte er hinzu. »Alle Beteiligten haben sich dafür ausgesprochen, dass Sie dieses Mandat übernehmen.«

Sven sah sinnend vor sich auf die Tischplatte. Sein Entschluss stand ja seit langem fest, und wenn er trotzdem nicht gleich antwortete, dann lag das nur daran, dass Sonja ihn beschwörend ansah und dieser Blick aus seltsam vertrauten braunen Augen noch sehr viel seltsamere Symptome bei ihm hervorrief – schwitzige Hände und ein leises Sausen im Kopf.

»Ihr Angebot ehrt mich sehr«, sagte er schließlich. »Und ich gestehe, dass mich dieser Job reizt. Wenn wir uns über die Konditionen einig werden, bin ich sehr gern bereit, Ihren Auftrag anzunehmen.« Er räusperte sich und tippte mit dem Zeigefinger auf den Rand des Tischmonitors. »Ist hier irgendetwas dran, Herr Jager – müssen sich die beiden Säulen von PremXLog gegenseitig Halt geben?«

»Lassen Sie es mich so formulieren: Ohne das TranX-Truck-Geschäft würde PremXLog sicher nicht zusammenbrechen. Aber das Unternehmen wäre nicht mehr annähernd das, was es heute darstellt.«

Kurz darauf wartete Sven zusammen mit Sonja auf den Lift. »Sie erinnern mich an jemanden«, sagte er zu ihr. An ein Mädchen, in das ich mal fürchterlich verknallt war, fuhr er fort, stellte aber glücklicherweise vorher den Ton ab.

Sonjas braune Augen funkelten. »Hoffentlich ist es eine angenehme Erinnerung«, sagte sie.

7

»Hey, endlich hast du mal dein eMO eingeschaltet, Sven! Ich hab schon tausendmal nachgeschaut.«

»Liam? Das träum ich doch wohl! Du sollst schlafen, nicht in der Gegend rumchatten!«

»Jetzt sag doch endlich mal – wie ist das denn so, mit der Magnetbahn zu fahren? Und hast du schon eins von diesen superschnellen Elektroautos gesehen, die sie da drüben in Stromland bauen?«

»Meine Güte, Liam, weißt du denn eigentlich, wie spät es ist?«

»Drei Uhr nachmittags oder so, na und?«

»Von wegen, bei euch ist es drei Uhr nachts! Sieh zu, dass du ins Bett kommst!«

»Kleinen Moment noch, Sven. Sag erst, wie das mit der Magnetbahn ist – wie fühlt sich das an, wenn sie loszischt? Hört man wirklich keinen Motor? Und spürt überhaupt keinen Untergrund, kein Rattern oder Rütteln – eben so, als ob man schweben würde?«

»Genau so, Junge. Es ist wirklich ein überwältigendes Gefühl. Mitreißend. Wenn du in der Bahn sitzt, und sie schießt wie ein Pfeil dahin, dann fühlst du dich so leicht, so großartig, dann kommt es dir plötzlich so vor, als ob alles möglich wäre. Dann spürst du, dass du dein Leben voll und ganz in der Hand hast, du allein. Dass es nur an dir liegt …«

»Hey, Sven, kannst aufhören zu texten. Hab schon verstanden. Sag mal lieber noch, was ist mit den Elektrosportwagen?«

»Hab ich noch nicht gesehen, Junge. Aber ich schau mich um, ich versprech's. Sag Su und Lena liebe Grüße von mir. Sag ihnen, es ist überwältigend hier in Stromland – all die neuen Eindrücke, weißt du?«

»Na ja. Hättest du mich mal lieber mitgenommen.«

»Aber das ging ja nicht, Liam. Weißt du doch. Geh jetzt ins Bett. Ich muss los, ich ruf euch heute Abend an – wenn's bei euch Vormittag ist. Schlaf gut.«

»Mal sehen. Bis dann, Sven.«

Sven schaltete sein eMO aus und stand auf. Eigentlich hatte er bis zum Abend hier im Hotelbungalow arbeiten wollen, aber dafür fühlte er sich viel zu kribblig. So wie als ganz junger Mann, in seinen ersten (und letzten) Biologiesemestern – da hatte er sich immer vorgestellt, wie sich draußen in der Stadt tausend dramatische Dinge abspielten, die sein Leben auf einen Schlag verändern würden, wenn er nur hinausging und dem Schicksal eine Chance gab. Diese Vorstellung hatte ihn besonders abends regelmäßig gepackt, und dann war er losgezogen und stundenlang durch die Straßen von Seestadt gelaufen, scheinbar ziellos, wie ein Häftling, der in seinem Gefängnis ruhelos nach einer Gelegenheit zum Ausbruch sucht.

Aber suchte er denn auch diesmal eine Gelegenheit zum Ausbruch?, fragte sich Sven, während er eine seiner seltsamen kleinen Melodien vor sich hin pfiff. Blödsinn, das war doch nun wirklich nicht zu vergleichen.

Mit PremXLog war er sich heute Mittag rasch einig geworden, sein Vertrag war im Wesentlichen schon vorbereitet gewesen. Nachdem er beim Lunch mit Sonja und Jager sein Honorar für drei Monate Arbeit und die erfolgsabhängige Prämie noch ein wenig hochgehandelt hatte, hatten sie ihre Unterschriften unter das knappe Schriftstück gesetzt. Um sich durch die Unmengen an Informationen zu wühlen, die er als Moderator kennen musste, konnte Sven fortan vom Hotel aus, an seinem vorübergehenden Arbeitsplatz im linken Turm von PremXLog oder auch unterwegs über sein eMO mit einer hypersicheren Verbindung den Firmenserver erreichen.

Vorausgesetzt, dass er nicht zu kribblig und durcheinander war, um sich auf Tabellen, Verträge und technische Erläuterungen zu konzentrieren.

Die erste Verhandlungsrunde zwischen Regierung, StromTelX und PremXLog sollte bereits in acht Tagen stattfinden. Bis dahin musste er sich nicht nur einen Überblick über die politischen, technischen und wirtschaftlichen Aspekte von TruckXColl und TranXTruck verschafft, sondern möglichst auch schon ein paar Lösungsansätze überlegt haben. Aber der Chat mit Liam hatte Svens Nerven auch nicht gerade beruhigt. Was für ein konfuses Zeug er da seinem zwölfjährigen Sohn geschrieben hatte! Dass er sich in der Magnetbahn wie jemand gefühlt habe, der sein Leben voll und ganz in der Hand hat – kein Wunder, dass Liam dagegen protestiert hatte, von ihm zugetextet zu werden! Schuldbewusst fragte Sven sich jetzt, von was für einem Schwebezustand er da überhaupt gesprochen hatte.

Er zog seinen Wintermantel über und stopfte sich Handy und Schlüsselkarte in die Taschen. Er würde ein wenig durch die Stadt laufen, sich umschauen, vielleicht mit ein paar Leuten ins Gespräch kommen. Alles besser, als in diesem Hotelzimmer zu sitzen und an Sonja alias Sabine zu denken, während man auf den Monitor starrte und so tat, als ob man Akten durcharbeitete. Die kalte Luft würde schon dafür sorgen, dass er wieder einen klaren Kopf bekam.

Sven lief durch Straßen und Gassen, über Plätze und Brücken, ohne sich besonders um seinen Weg zu kümmern. Er ließ sich treiben, behielt die Hände in den dick gefütterten Manteltaschen und pfiff eine seiner kleinen Melodien, die seine Atemwolke in seltsamen kleinen Pirouetten vor ihm tanzen ließ. Bald hatte er die Altstadt mit ihren verschnörkelten Fassaden aus früheren Jahrhunderten hinter sich und kam in ein neues Viertel, das er schon von der Magnetbahn aus gesehen hatte. Übersichtliche Wohneinheiten, dazwischen Grünanlagen, Cafés, kleine Läden. Der Duft von frischem Kuchen lockte ihn in einen Bäckerladen, wo er ein Stück knusprigen Blechkuchen erstand und am Stehtisch langsam und genussvoll verspeiste.

»Haben Sie den selbst gebacken?«, fragte er die junge Frau hinter dem üppig bestückten Verkaufstresen.

Sie sah ihn mit großen Augen an. »Fragen Sie mich das im Ernst?« Sven bejahte nickend und kauend. »Meine Eltern«, fuhr sie fort, »haben noch selbst gebackenen Kuchen verkauft – in unserer Familienbäckerei nicht weit von hier in der Kringelstraße. Aber das war vor fünfzehn Jahren – mindestens!« Sie rückte eine kunstvoll verzierte Torte im Glastresen zurecht, so dass sie schon von der Straße aus ins Auge stach. »Die Armen«, fügte sie hinzu, »mussten um drei Uhr aufstehen, von vier bis sechs Uhr früh Brot und Brötchen backen und haben sich trotz aller Plackerei nur ziemlich dürftig durchgeschlagen.«

Sie legte eine Hand auf ihren Tresen und beugte sich ein wenig zu Sven hinüber. »Sie sind wohl nicht von hier?«

Sven hatte gerade den letzten Bissen köstlichen Fruchtkuchens heruntergeschluckt und säuberte sich die Finger mit einer der Mikrofaserservietten, die auf dem Tisch gestapelt lagen. »Eigentlich doch«, sagte er, »ich bin hier in Seestadt geboren und aufgewachsen, aber ich lebe seit zwanzig Jahren in Fruchtland.«

»Hey, wirklich – in Fruchtland?«, rief die junge Frau aus, und ihre Augen strahlten. »Da war ich letzten Sommer für zwei Wochen – leider viel zu kurz. Ich heiße übrigens Ina …«

Auch Sven nannte ihr seinen Vornamen, wie das in Fruchtland seit den Zeiten der ersten Siedler auch zwischen Wildfremden üblich war.

»Aber bestimmt werde ich's bald noch mal dorthin schaffen«, fuhr Ina in eifrigem Tonfall fort. »Das Klima da drüben ist einfach toll, und wenn ich kleine Kinder hätte, würde ich vielleicht sogar für ein paar Jahre dort hingehen. Was es in Fruchtland alles an Angeboten zur Vorschulerziehung gibt, schon für die ganz Kleinen ab drei Jahren – da können wir uns hier immer noch eine Scheibe von abschneiden. Auch wenn ich gerade erst in einer Doku gesehen hab, wie sehr Stromland auf diesem Gebiet in den letzten zwanzig Jahren aufgeholt hat. Ich kann mich ja selbst noch erinnern, wie mich als Mädchen von fünf Jahren im Kindergarten alles tödlich angeödet hat – keine Fremdsprachen, kein Rechnen oder sonst was für hier oben« – sie tippte sich gegen die Stirn –, »bis man mit sechs oder sieben in die Schule kam. Einfach Steinzeit!«

Ein hagerer Herr mit weißen Haaren betrat den Laden,

und die junge Frau begrüßte ihn wie einen alten Bekannten. Er kaufte einen mit grünen Kernen gespickten Brotlaib, und die beiden unterhielten sich eine Weile über die Vorzüge von BioGen-Broten. »Kürbiskerne gegen Prostatavergrößerung«, sagte der ältere Mann, »das ist ja ein uraltes Rezept, auf das schon mein Großvater geschworen hat.« Er grinste Sven verschwörerisch zu, ehe er sich wieder an die junge Bäckerin wandte. »Und seit sie den Kürbis gentechnisch nachgebessert haben, funktioniert es noch sehr viel besser.« Er klemmte sich den eingewickelten Brotlaib unter den Arm, nickte ihnen zu und verließ mit federnden Schritten den Laden.

Ina sah ihm mit einem Lächeln hinterher. »Der alte Herr Mauser«, sagte sie, »nächste Woche wird er hundertdrei, aber glauben Sie nur nicht, dass er sich schon zur Ruhe gesetzt hätte – er hat immer noch sehr geschickte Hände, und wer hier im Viertel eine kleine Reparatur erledigt haben möchte, wendet sich an ihn. Wasserhähne, Elektrosachen – macht er alles im Handumdrehen. Obwohl er bestimmt auch so genug zum Leben hätte – es macht ihm einfach Spaß, den Leuten bei ihren kleinen Problemen zu helfen.«

Das verstand Sven gut. Er gab ein paar Brummtöne von sich, um anzudeuten, wie beeindruckt er war. »Ob ich auch mit hundertdrei Jahren noch so gut unterwegs sein werde?«

»Das kommt drauf an – kaufen Sie Ihr Brot bei mir, und Sie werden mindestens so alt wie Herr Mauser.«

Die junge Frau gefiel Sven immer besser, je mehr sie ihm erzählte. Ihre unbekümmerte Art, ihre Pläne und ihre Zuversicht, dass schon alles so kommen würde, wie man es sich wünschte, wenn man bloß entschlossen genug handelte. Ein Glück nur, dass sie ihn nicht an Sabine erinnerte – die junge Frau hinter dem Tresen war eher der blonde, robuste Typus, während Sabine und Sonja …

»Arbeiten Sie hier denn als Angestellte?«, fragte Sven rasch, ehe seine Gedanken wieder auf Abwege geraten konnten. »Ich meine, es geht mich ja nichts an, aber so engagiert, wie Sie hier alles anpacken …«

»Angestellte?«, wiederholte Ina. »Sie waren wohl wirklich seit Ewigkeiten nicht mehr in Stromland. Eine Minderheit arbeitet immer noch auf die alte Art, soviel ich weiß – mit ›Kündigungsschutz‹, ›Festgehalt‹ und solchen Oldstyle-Features.« Sie dachte einen Augenblick lang nach und musste plötzlich lachen. »Ein Großonkel von mir nervt auf jeder Familienfeier mit diesen verstaubten Sachen rum – behauptet, dass früher alles besser gewesen wäre, als Gewerkschaften und Unternehmen noch festgelegt haben, wie viel alle Mann verdienen sollen. Aber Onkel Georg ist ja auch bei der Versorgerpartei.«

Das versetzte Sven einen Schlag in den Magen. Versorgerpartei! Heute Abend war er mit Marius Bonheur verabredet. Vielleicht sollte er absagen? Aber andererseits reizte es ihn nach wie vor, aus der Nähe zu sehen, wie Marius, der Wortführer der Armen und Entrechteten, in seinem teuren Wohnviertel lebte.

»Ich bin natürlich selbstständig«, sagte Ina in seine Gedanken hinein. »Wie alle Bäcker in meiner Familie seit zweihundert Jahren. Aber ich habe es viel besser als meine Eltern oder Großeltern. Ich habe Verträge mit verschiedenen Backfabriken geschlossen und lasse mir liefern, was die Leute hier im Viertel am liebsten essen. Ich habe auch schon selbst ein paar Kuchensorten kreiert – zum Beispiel den Vielfruchtkuchen, von dem Sie gerade ein Stück probiert haben. Was die Fabriken von meinen Kuchen verkaufen, bringt mir natürlich Lizenzgebühren ein – nicht gerade die Welt, aber ein ganz nettes Zubrot. Auf diese Weise habe ich jedenfalls meinen eigenen Bäckerladen, muss trotzdem nicht mitten in der Nacht aufstehen und verdiene sogar genug, um auch mal eine Aushilfe anzuheuern, wenn ich verreisen muss oder aus anderen Gründen für ein paar Tage ausfalle. Natürlich wird man nicht superreich mit so einem Shop«, fügte sie mit einem unternehmungslustigen Lächeln hinzu, »aber vielleicht mache ich nächstes Jahr sowieso was ganz anderes – Parfüme designen zum Beispiel.« Ihr Lächeln wurde schwärmerisch, und Sven beeilte sich, eine letzte Frage zu ihrem derzeitigen Beruf anzubringen.

»Aber was machen Sie, Ina, wenn jemand Sie nach Bio-Backwaren fragt? Sie wissen schon – diese nostalgischen Brote und Kuchen, mit garantiert nicht genverändertem Getreide nach Urgroßmutters Rezepten hergestellt?«

»Was ich dann mache?« Ina lachte auf und deutete in den Hintergrund ihres kleinen Ladens. »Na, dann verkaufe ich Ihrem Jemand alles, was er sich nur wünschen kann – Bergbauernlaibe, Bio-Semmeln, Dinkelblechkuchen. Das kostet natürlich ein paar Taler mehr, aber wer es mag und das nötige Kleingeld hat ...« Sie wandte sich um, zog zwei gewaltige Brote aus dem Regal und schwenkte sie vor Sven über dem Tresen. »Sagen Sie mir, was für ein Brot oder welche Sorte Kuchen Sie gerne hätten, und ich besorge es Ihnen noch am selben Tag – wenn Sie es nicht sowieso schon hier in meinem Laden finden.«

Sven war jetzt ziemlich beeindruckt von Inas Geschäftssinn und Organisationstalent. »Das war ein sehr interessantes Gespräch«, sagte er, »ich habe viel über das heutige

Stromland gelernt. Und Ihr Vielfruchtkuchen schmeckt einfach großartig, Ina. Auf Wiedersehen – ich schaue bestimmt bald wieder vorbei.«

Am späten Nachmittag war Sven trotz seines berganischen Mantels so durchgefroren, dass er eine Bar aufsuchen musste, um sich ein wenig aufzuwärmen. Er hatte sich mindestens eine Stunde lang kreuz und quer durch die Stadt treiben lassen, ohne mit irgendjemandem zu reden. Seine Gedanken waren immer wieder zu Sabine gewandert, und er hatte tatsächlich überlegt, wie er am besten ihre Telefonnummer herausfinden könnte. Aber dann wieder hatte er sich gesagt, dass es bestimmt keine gute Idee wäre, mit der heutigen Sabine Kontakt aufzunehmen, und er war drauf und dran gewesen, stattdessen Sonja anzurufen. Ihre Handynummer hatte sie ihm vorhin noch gegeben und hinzugefügt: »Wann immer Sie etwas auf dem Herzen haben, Sven – rufen Sie mich an!« Zwei- oder dreimal hatte er sein Telefon aus der Tasche geholt, den Apparat einige Augenblicke lang in der winterkalten Hand hin und her gedreht und dann jedes Mal wieder eingesteckt.

Die Kneipe war dämmrig erleuchtet und um diese frühe Abendstunde noch nahezu leer. »Ein Bier, bitte«, sagte Sven zum Barkeeper und schwang sich auf einen Hocker ziemlich genau in der Mitte des lang gezogenen Tresens. Das stromländische Bier war auf der ganzen Welt berühmt, und nirgendwo gab es mehr Brauereien und eine raffiniertere Vielfalt an Biersorten als hier.

Kurz bevor Sven in die Bar gekommen war, hatte er noch mit drei kleinen Kindern gesprochen, die in einem Park mit Schneebällen warfen (und auch bei ihm einen Treffer landeten – im Nacken, so dass eiskalte Flocken und

Tropfen auf seinem Rücken abwärts rieselten). Die Kinder hatten ihm erzählt, dass sie vier Jahre alt waren und im Kindergarten seit einem Jahr Fruchtländisch und Berganisch lernten. Ihre Mütter hatten den fremden Mann argwöhnisch beäugt, aber Sven hatte sie davon überzeugen können, dass er sich aufrichtig für die Vorzüge stromländischer Vorschulerziehung interessierte. Wieder hatte er sein Sprüchlein aufgesagt: Er sei hier geboren und aufgewachsen, aber seit zwanzig Jahren lebe er in Fruchtland …

»Da haben Sie wohl vor, wieder nach Hause zu kommen?«, hatte eine der beiden Frauen gefragt, und ehe Sven irgendetwas antworten konnte, hatten die Kinder ihren Schneeballtreffer in seinem Genick gelandet. Zu ihrem Entzücken war er bärenhaft unbeholfen vor ihnen herumgetanzt – hatte sich den Schnee aus dem Kragen geschüttelt und mit den Füßen aufgestampft, damit die eisigen Kristalle und Tropfen schneller unter seinem Hemd hervorrieselten.

Danach war die Frau auf ihre Frage nicht mehr zurückgekommen, aber in der Bar dachte Sven immer noch darüber nach. Hatte sie etwa Recht?, überlegte er, während er sein Glas absetzte und sich den Schaum von der Oberlippe wischte. Trug er – oder ein Teil von ihm – sich wirklich ernsthaft mit dem Plan, nach Stromland zurückzukehren? Und wenn er schon anfing, sich für hiesige Bildungsangebote zu interessieren – sollte er dann nicht besser in Erfahrung bringen, wie es mit Schulen für zwölfjährige Jungen und sechzehnjährige Mädchen bestellt war? Ob Kinder wie Liam heutzutage in Stromland noch wegen ihrer fremdländischen Hautfarbe und ihres exotischen Gesichtsschnitts von ihren Altersgenossen verspottet wurden – wie es früher in diesem Land gang und gäbe war?

Und war er sich nicht vorgestern noch mit Herrn Humin darüber einig gewesen, dass die fruchtländischen Schulen die besten auf der ganzen Welt seien? Wie also konnte er auch nur mit dem Gedanken spielen, Lena in eine stromländische Schule zu schicken, wo sie sich vielleicht sogar wieder wie früher in ihre unzugänglichen Innenwelten zurückziehen würde? Ach was, sagte er sich dann, natürlich dachte er nicht ernsthaft daran, für immer nach Stromland zurückzugehen – aber was die Schulen anging, konnte er sich ja trotzdem mal ein bisschen umhören.

Sven leerte sein Bierglas und wollte die Bar gerade wieder verlassen, als ein halbes Dutzend lachender Leute durch die Tür kam. Sie setzten sich links und rechts von ihm auf die Barhocker, vier Frauen und zwei Männer. Zwei der Frauen und der eine Mann waren noch ziemlich jung, etwa Anfang zwanzig, und Sven vermutete, dass sie gerade in irgendeiner Ausbildung steckten. Der zweite Mann war der Älteste in der Runde, Sven schätzte ihn auf Mitte siebzig. Die beiden anderen Frauen dagegen waren ungefähr in seinem und Sus Alter, Anfang bis Mitte vierzig.

Alle sechs schienen in allerbester Stimmung zu sein. Sie riefen einander Scherzworte und übermütige Bemerkungen zu, und als der Barkeeper sie nach ihren Wünschen fragte, sagte eine der jungen Frauen: »Champagner, was sonst! Schließlich haben wir was zu feiern!«

»Sie haben wohl gerade eine Prüfung bestanden?« Der Barkeeper beeilte sich, eine bauchige Flasche mit pinkfarbenem Etikett aus dem Kühlschrank zu holen. »Aus Weinmark«, sagte er, »das Beste, was sie da drüben zu bieten haben.«

»Wir haben *die* Prüfung hinter uns«, trumpfte eine der Frauen mittleren Alters auf. »Den Test aller Tests – wir haben das große Los gezogen!« Und wieder riefen und lachten alle sechs durcheinander.

Sven warf einen raschen Blick auf die Uhr hinter dem Tresen. Eine halbe Stunde konnte er Marius schon noch warten lassen. Diese fröhlichen Leute hatten ihn neugierig gemacht. Was mochte es für ein Test sein, den man mit zwanzig so gut wie mit fünfundsiebzig absolvieren konnte und dessen Bestehen so ausgelassen gefeiert wurde?

»Sie trinken doch ein Glas mit uns?«, fragte der alte Mann zu seiner Rechten. »Ich bin Peter, und dieser junge Bursche hier hört auf den Namen Leif.«

Sven versicherte, dass er sehr gerne mit ihnen anstoßen würde. Er nannte seinen Namen und wurde auch den vier Frauen vorgestellt. Die beiden älteren Damen hießen Gerti und Nelly, die jüngeren Mona und Lora, falls Sven im Getümmel alles richtig verstanden hatte.

»Was feiern Sie denn nun eigentlich?«, fragte Sven, während der Barkeeper den Champagnerkorken knallen ließ und ihre Gläser mit der perlenden goldfarbenen Flüssigkeit füllte.

»Na, den Test aller Tests«, wiederholte Leif, »das hat Lora eben doch schon gesagt! Wir haben alle sechs die Prüfung bei der NovAssec bestanden und gerade eben einen Dreijahresvertrag unterschrieben.«

»Sie schauen jetzt so begriffsstutzig wie der Cybertroll Svunir!« Mona stieß ihm ihren Ellbogen in die Seite. »Sie sind wohl nicht von hier, Sven?«

»Ich bin sogar hier geboren und aufgewachsen, aber seit zwanzig Jahren …« Allmählich kam sich Sven mit seinem immer gleichen Spruch ziemlich albern vor.

»Die Sache ist ganz einfach«, erklärte ihm Peter. »Wir haben ein Jahr lang wie die Verrückten Versicherungsrecht gelernt. Heute haben wir die Prüfung bei der NovAssec abgelegt, einem der größten Versicherer in Stromland. So ein Test dauert den halben Tag lang, und mehr als siebzig Prozent der Kandidaten fallen im Allgemeinen durch.«

»Wir Glücklichen«, ergriff Lora das Wort, »haben aber bestanden und deshalb jeder einen Vertrag mit dem Versicherer bekommen – einen Kontrakt, der jedem von uns für die nächsten drei Jahre so viele Aufträge sichert, wie wir bearbeiten können.«

Sven brummte ein paar Glückwünsche und stieß mit allen sechs an, aber nach seinem Eindruck hatte er die Pointe immer noch nicht so ganz verstanden. Warum waren all diese Leute so versessen darauf, für eine Versicherung zu arbeiten? »Was für Aufträge sind das denn?«, fragte er – auf die Gefahr hin, aufs Neue als berganischer Cybertroll verspottet zu werden.

»Mann, er hat's immer noch nicht kapiert.« Lora (oder war es Mona?) schien der Champagner schon ein wenig zu Kopf zu steigen. Sie rollte mit den Augen und schenkte Sven ein verrutschtes Lächeln. »Mona und ich sind gerade im Studium, da ist der Versicherungsjob für uns ideal. Wir kriegen das Material von Schadensfällen nach Hause gemailt und können die Fälle bearbeiten, wann wir gerade Zeit haben. Natürlich gibt es eine Deadline, und je schneller und besser man arbeitet, desto mehr kassiert man für den Auftrag. Und für Frauen wie Nelly und Gerti, die gerade Babys bekommen haben« – sie nickte in Richtung der beiden Frauen in Sus Alter –, »ist es natürlich auch eine feine Sache. Wenn ihre Kleinen schlafen, setzen sie sich zu Hause an ihr eMO und bearbeiten die neuesten Fälle.«

Sven nickte und nippte. Allmählich verstand er, warum die Frauen sich über ihren Erfolg so sehr freuten. »Und was ist mit Ihnen, Leif?«, fragte er den jungen Mann. »Sind Sie auch in einer Ausbildung und wollen nebenher mit der Versicherungssache was verdienen?«

»Ach was.« Der Junge grinste übermütig. »Ich hab den ganzen Kram nur mitgemacht, weil ich auf Mona scharf bin.«

Alle lachten und riefen wieder eine Weile durcheinander, und Nelly (oder Gerti) wollte weiteren Champagner ordern, wovon Gerti (oder Nelly) sie jedoch abhalten konnte.

»Der Junge will Brückenbauingenieur werden«, erklärte Peter, »und die beiden jungen Frauen sind an derselben Technikakademie wie er. Die eine geht in Richtung Elektroautomobiltechnik, die andere macht auch irgendwas mit Brücken – aber fragen Sie mich nicht, um was es da im Einzelnen geht.«

Sven gab einen unbestimmten Brummton von sich. »Wenn Sie gestatten, stelle ich Ihnen aber eine andere Frage«, sagte er dann. »Was reizt Sie denn so sehr an dieser Versicherungssache?«

»Ich bin jetzt dreiundsiebzig Jahre.« Der alte Mann ballte die Faust und untermalte seine Worte mit schwungvollen Gesten. »Statistisch gesehen habe ich noch fünfundzwanzig bis dreißig Jahre zu leben«, sagte er, »und wenn ich mich ein bisschen einschränken würde, käme ich mit meinem Geld auch ganz gut hin. Aber wieso um alles in der Welt soll ich mich einschränken und zu Hause beschäftigungslos herumsitzen, wenn ich mir durch so einen Job die Langeweile vertreiben und jeden Monat eine hübsche Menge Taler dazuverdienen kann?«

Während Sven noch überlegte, was er hierauf antworten könnte, meldete sich aus der Tiefe seines berganischen Mantels sein Mobiltelefon.

»Sonja? Oh, das ist aber sehr nett von Ihnen. Keine Sorge, ich komme schon allein zurecht. Schließlich hab ich hier in Seestadt fast mein halbes Leben verbracht. Und wenn ich so in den Straßen rumlaufe, die ich von früher her alle noch kenne, wissen Sie – da kommen ganz seltsame Erinnerungen in mir hoch.«

»Was für Erinnerungen denn, Sven?«, fragte Sonja. Im Hintergrund waren leise Jazzklänge zu hören, mit Trompete und Saxofon, und dann begann tatsächlich Louis Armstrong zu singen.

»Na ja, ich hab's Ihnen ja heute Mittag erzählt«, sagte Sven, während er im Gehen seinen Mantel zu schließen versuchte, das Handy zwischen Schulter und Ohr geklemmt. »Ich kannte mal eine Frau hier in Seestadt, als ganz junger Mann, bevor ich nach Fruchtland gegangen bin, und Sie erinnern mich sehr an sie.« Erschrocken horchte er seinem Geständnis hinterher.

»Oh, das finde ich aber ... na ja, ziemlich schmeichelhaft.« Sonja schwieg einen Augenblick, als müsste sie blitzschnell eine Entscheidung fällen. »Was halten Sie davon, wenn wir uns heute Abend noch treffen? Wir könnten ein Glas Wein in einer Bar am Posthalter Platz trinken, und wenn Sie möchten, erzählen Sie mir ein bisschen von dieser ... dieser ...«

»Sabine«, sagte Sven. »Ich meine – sie hieß Sabine, Sonja.« Er war jetzt wieder ziemlich durcheinander. Seit er die Bar mit den Versicherungsleuten verlassen hatte, war er blindlings irgendwelche Straßen entlanggelaufen, ohne sich um seinen Weg zu kümmern. Aber er musste dringend zu einer Magnetbahnstation, die ihn hinaus in Marius Bonheurs Wohnviertel brachte, und er hatte keinerlei Ahnung, in welche Richtung er sich wenden sollte. Dafür wusste er umso genauer, dass er dieses Telefonat mit Sonja jetzt schleunigst beenden sollte. »Ich würde mich sehr gerne mit Ihnen heute Abend noch treffen«, sagte er ein wenig gefasster, »aber ich habe eine Verabredung mit einem alten Studienkollegen. Sie werden staunen, wenn ich Ihnen seinen Namen nenne: Marius Bonheur!«

»Nicht Ihr Ernst!« Sonja lachte glucksend. Zu Svens Erleichterung erstarben die nostalgischen Jazzrhythmen in dem Raum, in dem sie sich gerade befand. »Da wünsche ich Ihnen eiserne Nerven, Sven – und erzählen Sie mir doch morgen mal, was der gute Mann so alles gepredigt hat. Ein begabter Politiker ist Bonheur ja zweifellos – und zugleich ein gefährlicher Demagoge.«

»Mach ich«, versprach Sven. Sie wechselten noch ein paar höfliche Floskeln, dann hängte Sonja ein.

Sven behielt sein Handy gleich in der Hand, tippte ein paar Ziffern in die Tastatur und loggte sich bei NavigPort ein. Er befand sich an einer wenig belebten Straßenkreuzung, längst war es dunkel geworden, und im dürftigen Laternenschein waren keinerlei Straßenschilder zu entdecken. Aber das Router-Programm hatte seinen Standort schon identifiziert. Das Display zeigte einen Ausschnitt aus dem Seestädter Straßenplan – von dieser Kreuzung bis zum nächsten Magnetbahnhof waren es gerade mal zwei Blocks, genau dreihundertzwanzig Meter.

Im Weitergehen tippte Sven die Adresse von Bonheur ein und erfuhr, dass er mit der Linie 17 bis zur Station Falkenpark fahren musste. Von dort waren es drei Fußminuten bis zu Marius.

Sven loggte sich aus und kämpfte den plötzlichen Drang nieder, Sonja zurückzurufen, um sich doch noch mit ihr zu verabreden. Was sollte das für einen Sinn haben? Sonja war nicht Sabine, und er selbst war nicht mehr der junge Mann Anfang zwanzig, der damals eine Zeit lang geglaubt hatte, dass Sabine die Liebe seines Lebens sei.

Die Frau, sagte sich Sven, nach der du dich in deiner momentanen Verwirrung zu sehnen glaubst – attraktiv wie Sabine, aber zielstrebig und optimistisch wie Sonja –, diese Frau hast du längst gefunden. Ihr Name ist Su.

8

Falkenpark war eines der besten und teuersten Wohnviertel von Seestadt. Hinter hohen Parkmauern residierten hier die vermögendsten Familien und eine Reihe ausländischer Botschaften in schlossartigen Häusern, die größtenteils um die vorletzte Jahrhundertwende erbaut worden waren. Marius Bonheurs Anwesen befand sich allerdings am Rand des Viertels, in einer schmalen Straße, an der auf kleineren Grundstücken überwiegend Neubauten in den Abendhimmel ragten.

Ein Gebäude am Ende der kleinen Straße fiel Sven besonders auf – mit seinem Säulenportal und der wuchtigen Attika, die beide für den Grundriss viel zu groß geraten waren. Na, das passt ja, dachte Sven, als er zwischen den Säulen die stämmige Gestalt seines alten Studienkollegen hervortreten sah. Im Garten gingen Lichter an und beleuchteten eine gekieste Zufahrt, die schnurgerade auf das Hausportal zuführte.

»Ich dachte schon, du hast dich in deiner Heimatstadt verirrt.« Marius kam ihm mit einem Lächeln entgegen. »Das Essen ist so gut wie fertig, der Wein entkorkt – komm herein.«

So sehr Bonheurs Haus sich von außen als Antiquität zu geben versuchte, so hypermodern ging es drinnen zu.

Die Türen öffneten sich automatisch, wenn Marius sich ihnen näherte. In der Eingangsdiele sagte er in strengem Tonfall »Garderobe!« – worauf in der Wand eine bis dahin unsichtbare Schranktür aufsprang und surrend eine Garderobenstange nebst Kleiderbügeln herausfuhr. Sven ließ sich aus seinem Mantel helfen und brummte beeindruckt, während Marius das berganische Kleidungsstück versorgte. »Schließen!«, befahl Marius. Die Garderobenstange verschwand mitsamt Svens Mantel in der Wand, die Schranktür schwang surrend zu. »Du magst doch klassische Musik, wenn mich mein Gedächtnis nicht täuscht?«

»Na ja, kommt drauf an …«, antwortete Sven, aber sein Gastgeber schien ihn gar nicht gehört zu haben.

»Beethoven!«, rief er. Nur Augenblicke später war das ganze Haus mit den dramatischen Klängen der Pastoral-Sinfonie erfüllt. »Leiser!«, befahl Marius. Das Orchester säuselte jetzt nur noch, und Marius Bonheur wies einladend auf eine Glastür am anderen Ende des Raums. »Tritt ein, alter Freund, und lass uns auf unser Wiedersehen anstoßen.«

Auch diese Tür schwang automatisch vor Marius auf und hinter Sven wieder zu. Sie traten in einen Raum von den Ausmaßen einer Tennishalle. Vor den Fenstern fuhren eben die Jalousien herunter, und auf einem mindestens zwei mal zwei Meter großen Wandmonitor erschien eine Reihe von Daten.

15. JAN. 2020, 20:20 UHR STROMLÄNDISCHER WINTERZEIT
AUSSENTEMPERATUR: –5° CELSIUS
INNENTEMPERATUR: WOHNBEREICH + 21° CELSIUS, SANITÄRBEREICH + 23° CELSIUS, SCHLAFBEREICH

+ 18° CELSIUS, POOL + 26° CELSIUS
GARAGE: HYB-SPORTCOUPÉ WARTUNGSTERMIN 23.1., 8:00 UHR BESTÄTIGT – LIMOUSINE 666 SE EINSATZBEREIT
VERKEHRSLAGE: KEINE STAUS AUF DEN AUTOBAHNEN UND IM STADTBEREICH
ABFAHRT DER NÄCHSTEN MAGNETBAHN IN RICHTUNG ZENTRUM: 20:37 UHR, IN RICHTUNG HERINGSEE: 20:45 UHR

Eine bemerkenswerte Liste, fand Sven, aber bevor er weitere Einzelheiten von dem gewaltigen Wandbildschirm ablesen konnte, rief Marius Bonheur: »Nachrichten!«

Im nächsten Augenblick erschien auf dem Monitor ein lebensgroßer News-Sprecher, der auf einer dreidimensionalen Erdkugel thronte. »*Seestadt. – Ein Regierungssprecher hat heute bestätigt, dass ein Abkommen mit Weinmark und Berganien unterzeichnet worden ist. Das stromländische Magnetbahnnetz soll innerhalb von fünf Jahren drastisch ausgeweitet werden. Bis 2025 soll es Verbindungen in die Hauptstädte und alle größeren Provinzstädte beider Nachbarländer geben. Der Regierungssprecher bezeichnete das Abkommen als weiteren Triumph einer stromländischen Hochtechnologie, die noch vor fünfzehn Jahren hierzulande so umstritten war, dass ihre Verwirklichung beinahe an der wechselseitigen Blockade gesellschaftlicher Gruppen gescheitert wäre. Seither aber habe sich die Magnetbahntechnik zu einem der größten nationalen und internationalen Erfolge in der stromländischen Geschichte entwickelt. Heute betrieben, wie der Regierungssprecher betonte, mehr als zehn private Unternehmen ein dicht geknüpftes Magnetbahnnetz, das auf der ganzen Welt beispiellos und allen anderen Verkehrssystemen weit überlegen sei.*«

»Überlegen, was das Vernichten von Arbeitsplätzen

angeht!« Marius zeigte wieder sein ironisches Lächeln. »Zugegeben, die Magnetbahn ist technisch ausgereift und komfortabel. Und natürlich sind durch diese Technologie auch einige neue Arbeitsplätze geschaffen worden. Aber was ist das im Vergleich zu den tausenden von Bus-, Bahn- und Taxifahrern, die ihre Arbeitsplätze verloren haben? Ein Tropfen auf den heißen Stein! Der Saldo ist negativ, das wird von niemandem ernsthaft bestritten!«

Sven wollte etwas einwenden, er hatte da vor kurzem eine Analyse gelesen, die zu ganz anderen Schlussfolgerungen kam. Aber während er noch über seine Antwort nachdachte, winkte Marius in Richtung des Nachrichtensprechers ab. »Aus!«, befahl er, und der Bildschirm erlosch.

Kurz darauf flimmerten langwellige Muster in matten Grün- und Gelbtönen über den Monitor, und Sven fragte sich, ob die elektronische Haussteuerung aus Marius' Tonlage gefolgert hatte, dass jetzt ein paar beruhigende optische Motive angebracht waren.

Sie nahmen auf Sesseln Platz, die Sven anfangs wie unförmige Säcke erschienen. »Form und Temperatur passen sich den Eigenarten desjenigen an, der darauf Platz nimmt«, erklärte Marius mit sichtlichem Stolz. »Der Bezug ist aus einem neuartigen intelligenten Material – es kommuniziert mit deinem Organismus, und je nachdem, wie du gerade drauf bist, ob dir heiß oder kalt ist, ob dein Blutdruck zu hoch oder zu niedrig ist, deine Muskeln angespannt sind, deine Rückennerven Schmerz signalisieren und so weiter, passt sich der Sessel deinen Bedürfnissen an.« Marius fuhr mit der Hand über den Sesselbezug, der das gleiche Muster aufwies wie sein Hemd. »Eine sinnvolle Entwicklung, überhaupt keine Frage«, fuhr er fort. »Wir von der Versorgerpartei sind im Prinzip immer für den technischen Fortschritt – wenn er den Menschen dient! Natürlich gibt es auf der anderen Seite Dinge, die sich seit langem bewährt haben und die man daher einfach so belassen sollte, wie sie sind. Zum Beispiel dieser vorzügliche Tropfen aus Weinmark.«

Auf einem kleinen Tisch zwischen ihren schlauen Sesseln stand eine Karaffe mit funkelnd rotem Wein und zwei Kristallkelchen. Sven hätte sich nicht allzu sehr gewundert, wenn der Wein auf Bonheurs energischen Zuruf hin in hohem Bogen in die Gläser geströmt wäre. Aber Marius beugte sich vor, schenkte ihnen in althergebrachter Weise ein und reichte Sven ein Glas. »Auf die alten Zeiten!«, wiederholte er und stieß mit ihm an.

Der Wein schmeckte wirklich vorzüglich. Sven lobte ihn gebührend und fügte dann hinzu: »Mittlerweile haben aber auch die Winzer in Fruchtland einiges dazugelernt.«

Doch davon wollte Bonheur nichts wissen. »Wie gesagt – es gibt Dinge, die sind einfach perfekt, und die sollte man auch in den Händen derer belassen, die diese Kunst oder Technik zur Vollkommenheit entwickelt haben. Das gilt für die edlen Tropfen aus Weinmark, aber das gilt dann auch für die Sozialstandards, für die Stromland einmal auf der ganzen Welt berühmt war. Und deshalb kämpfen wir von der Versorgerpartei dafür, den Sozialabbau aufzuhalten. Schließlich soll die Wirtschaft für die Menschen da sein, nicht umgekehrt. Wir dürfen nicht hinnehmen, dass noch mehr Rechte auf dem Altar des Marktes geopfert werden.«

Erstaunt sah Sven ihn an. Bonheurs rundes Gesicht war vor Eifer gerötet. »Was meinst du denn, Marius?«, fragte er und bemühte sich um eine friedliche Tonlage. »Wenn ich nicht ganz falsch liege, dann war es doch eher so: Damals, in den Jahren, als wir unser Studium angefangen haben – damals ist hierzulande alles blockiert und runtergeredet worden. Bist du nicht deshalb in die Politik gegangen? Und wenn ich mir das heutige Stromland ansehe – jetzt weht doch zumindest wieder ein frischer Wind.«

»Der Wind des Kahlschlags!«, konterte Marius. »Zwei Millionen Arbeitslose – das ist die Wirklichkeit im schönen neuen Stromland!«

Sven wusste nicht gleich, was er darauf antworten sollte. Es kam ihm verrückt vor, dass jemand all das zurückhaben wollte, was doch offensichtlich schon vor fünfzehn oder zwanzig Jahren nicht mehr funktioniert hatte. »Ich erinnere mich noch ziemlich deutlich«, begann er schließlich. »Damals, vor zwanzig Jahren, als ich von hier weggegangen bin, gab es nicht weniger als sieben Millionen Menschen ohne Arbeit. Knapp fünf Millionen davon tauchten in der offiziellen Statistik auf, der riesengroße Rest ist durch verschiedene Rechenkunststücke kaschiert worden. Zwei statt sieben Millionen, das ist doch ein eindrucksvoller Erfolg! Und wer heute in Stromland nicht arbeiten kann, weil er alt oder behindert ist, das habe ich vor kurzem noch mal nachgelesen, Marius – der wird doch vom Staat mit dem Lebensnotwendigen versorgt.«

»Mag sein«, sagte Bonheur. »Andererseits, was glaubst du, wie viele Leute sich hierzulande mit schlichtesten Dienstleistungen gerade so über Wasser halten – als Kofferträger am Flughafen, als Zeitungs- oder Brothändler. Natürlich taucht von denen niemand in einer Arbeitslosenstatistik auf – weil es ja keine Arbeiter mehr sind, sondern ›selbstständige Unternehmer‹.«

»Mit einer jungen Bäckerin«, gab Sven zurück, »habe

ich zufällig gerade heute hier in Seestadt geredet. Sie schien ziemlich zufrieden mit ihrer Situation zu sein. Die Leute haben eben verschiedene Interessen, Marius – die einen backen oder verkaufen gerne Brot, andere arbeiten als Manager oder Hochschullehrer, aber ich glaube wirklich nicht, dass Bäcker oder Zeitungsverkäufer im Allgemeinen weniger glücklich sind als Leute in den so genannten gehobenen Positionen. Und schließlich ist ja auch durch Kinderkrippen, Vorschulerziehung und viele andere Fördermaßnahmen im heutigen Stromland dafür gesorgt, dass niemand mehr eine schlechtere Bildung bekommt, nur weil er aus einfachen Verhältnissen stammt. Nimm nur diesen Jan Brinkmann, der BeAT gegründet hat – der kommt von ganz unten und hat es trotzdem mit gerade mal achtundzwanzig Jahren schon bis ganz nach oben geschafft.«

Kopfschüttelnd hatte Marius Bonheur zugehört. »Dieser Brinkmann, das ist ja nun wirklich ein absolutes Ausnahmetalent – so einer beißt sich eben durch, wie schwierig die Verhältnisse auch sein mögen. Aber was ist mit den ganz normalen kleinen Leuten, die nicht viel mehr als ihre reine Arbeitskraft anzubieten haben? Denk nur an deine junge Brothändlerin, Sven – natürlich springen diese Leute planlos von einem Job zum anderen, von einer Branche in die nächste. Spätestens nach ein, zwei Jahren hat auch sie gemerkt, dass sie sich mit ihrem Brötchenhandel nicht über Wasser halten kann. Also probiert sie dann was anderes und dann wieder was anderes – solange sie sich noch Illusionen machen kann. Solange sie noch nicht gemerkt hat, dass sie in Wirklichkeit keine ›selbstständige Unternehmerin‹, sondern auf die Stufe ihrer Urgroßeltern zurückgefallen ist – eine rechtlose Proletarierin, die ohne irgendeine Absicherung ihre Haut zu Markte tragen muss.«

Sven stärkte sich erst mal an seinem Weinglas. Über den Wandmonitor rasten jetzt blutrote, wild gezackte Motive, und er fragte sich, ob sie vielleicht Marius' Gehirnstrommuster darstellten. Er setzte sein Glas ab und holte tief Luft. »Die Zeiten ändern sich eben, Marius«, sagte er, »die Leute machen heute in ihrem Leben sieben, zehn oder mehr Ausbildungen. Das ist in Fruchtland seit langem so und jetzt eben auch hier in Stromland – kaum jemand hat doch heute noch Lust, sein Leben lang ein und dieselbe Arbeit zu machen. Außerdem ändert sich ja alles so schnell, dass es manche Berufe, die du mit zwanzig lernst, in dieser Form schon gar nicht mehr gibt, wenn du dreißig oder fünfunddreißig bist.«

»Tja, die modernen Zeiten«, spottete Marius. »Und was ist mit den armen Teufeln, die durch deinen vollkommen befreiten Markt genauso vollkommen überfordert sind? Die weder den Grips noch die Energie haben, alle paar Jahre etwas komplett Neues zu lernen, nur weil die Bosse etwas entdeckt haben, womit man noch mehr Profit machen kann? Was soll unsere Gesellschaft mit diesen armen Kerlen anstellen, Sven – hast du eine Antwort darauf?«

Während Sven noch darüber nachdachte, ertönte weiter hinten im Haus eine elektronische Fanfare. Auf der anderen Seite des Raums ging eine Tür auf, und ein Tisch rollte herein, vollständig gedeckt für zwei Personen.

»Das Essen ist nichts Besonderes«, sagte Marius in entschuldigendem Tonfall, »einfach eins der Standardmenüs, die so ein intelligenter Herd heutzutage draufhat. Aber ich hab's schon ein paarmal gegessen – Filzhütinger Haxe, ich wette, das schmeckt dir auch.«

Die beiden gingen zum modernen Tischleindeckdich hinüber und ließen sich die Haxe aus Bonheurs schlauem

Ofen munden. Sven erzählte ein wenig von seiner Familie und von ihrem Leben in Fruchtland, aber das alles schien Marius nicht sonderlich zu interessieren. Sie leerten die Karaffe, und um halb elf erklärte Sven, dass er nun schleunigst ins Hotel zurückfahren müsse. Die Zeitumstellung stecke ihm immer noch in den Knochen – eine bessere Ausrede fiel ihm nicht ein, so lähmend hatte sich Marius' Gerede auf sein Gehirn ausgewirkt. Zu seiner Erleichterung versuchte Bonheur aber nicht, ihn zu längerem Bleiben zu überreden, und ehe er auf die Idee kommen konnte, ein weiteres Treffen vorzuschlagen, hatte Sven seinen Mantelkragen hochgeklappt und war aufatmend in die Winternacht hinausgestürmt.

»Es ist schwer zu beschreiben«, sagte Sven, »und noch schwerer zu glauben – sogar wenn man das alles so wie ich mit eigenen Augen sieht. Aber schaut euch nur diesen Hotelbungalow hier an – von vorn bis hinten mit der allerneuesten Technik ausgestattet und gleichzeitig so wohnlich eingerichtet, dass man sich fast wie zu Hause fühlt.«

Das jüngere der beiden weiblichen Gesichter auf dem riesigen Telefonbildschirm schien bei diesen Worten zusammenzuzucken. Stockgerade saß Lena auf der Couch im Wohnzimmer ihres Stadtapartments und machte ein Gesicht, als ob sie sich für das Schlimmste zu wappnen versuchte.

»So gut gefällt es dir, Sven?« Auch Su wirkte ein wenig irritiert.

Die gesamte Familie Laufer hatte sich vor der heimischen Telekamera versammelt, um zu hören und zu sehen, wie es Sven am anderen Ende der Welt so erging. Su und Lena saßen nebeneinander auf der Couch, Lena in Jeans und

T-Shirt, Su im ärmellosen Kleid, denn in Fruchtland war es ja das ganze Jahr über warm. Liam hockte vor ihnen auf dem Boden, im durchgeschwitzten Fußballerdress, die Beine angezogen, das Kinn auf den Knien, die mit einem Muster aus Schmutz und Schorf bedeckt waren.

Sven lächelte seiner Frau zu, ein wenig schuldbewusst, obwohl es dazu keinen wirklichen Grund gab. Manchmal bringt sich unser schlechtes Gewissen ja schon in Stellung, wenn wir gewisse Aktionen auch nur in Erwägung ziehen. »Na ja, einiges, was ich hier zu sehen bekomme, überrascht mich wirklich – weil ich mit so etwas in Stromland überhaupt nicht gerechnet hätte. Und weil es Sachen sind, die jeden faszinieren würden, egal in welchem Land er auf sie stößt. Die Magnetbahnen sind einfach eine großartige Erfindung, aber auch schon vorher, direkt bei meiner Ankunft, habe ich auf dem Flughafen etwas sehr Beeindruckendes gesehen.«

Und er erzählte ihnen von der interaktiven Monitorwand, die vollgestopft war mit Spielen und Informationen, Tipps und Videos für jedes Interesse und jeden Bedarf. »Man steht nicht einfach davor und lässt sich berieseln«, erklärte Sven, »bei dieser Multimediawand können Dutzende Leute gleichzeitig die verschiedensten Informationen abrufen, Tickets bestellen, sich Sehenswürdigkeiten vorführen lassen und was weiß ich noch alles. Und habe ich euch übrigens schon erzählt, dass es hier in Seestadt auch ein ›Cinema der Sinne‹ gibt – ein Kino, in dem man Filme nicht nur sehen und hören, sondern gleichzeitig riechen und mit den Fingern fühlen kann, was da gerade auf der Leinwand gezeigt wird?«

»Wow.« Dieser Laut schien Lena gegen ihren Willen entschlüpft zu sein. Desto fester presste sie ihre Lippen zusammen, bevor sie mit einer wegwerfenden Handbewegung hinzufügte: »Und wenn schon – bestimmt ist das sogar ziemlich eklig – stellt euch doch nur mal vor, wie das bei manchen Filmen stinken muss.«

»Bei Zombie-Filmen bestimmt.« Liam grinste Sven über seine zerschundenen Knie hinweg zu. »Aber jetzt sag mal lieber, Sven – bist du denn endlich mal in so einem Elektrosportwagen gefahren?«

»Noch nicht«, sagte Sven, »aber immerhin kenne ich hier schon jemanden, der so ein Elektrosportcoupé hat, und bestimmt lässt er mich auch mal mitfahren.« O verdammt, das hätte ich nicht sagen sollen, dachte er gleich darauf – jetzt blieb ihm gar nichts anderes übrig, als sich bald noch mal mit Bonheur zu treffen. Es sei denn, man konnte diese hypermodernen Elektrosportwagen schon bei einer Mietwagenagentur leihen. »Und was heißt hier überhaupt ›endlich‹«, fügte er hinzu, da alle drei ihn erwartungsvoll ansahen, »ich bin ja wirklich erst seit zwei Tagen hier.« Er schüttelte den Kopf. »Es kommt mir viel länger vor – nicht nur weil ich Sehnsucht nach euch dreien hab, sondern auch weil … weil … na ja, weil es so spannend ist und ich jede einzelne Minute hier genieße.«

»Ich glaub, er hat Fieber.« Lena stieß ihre Mutter an. »Guck mal, seine Augen glitzern so komisch. Hey, Sven, streck mal die Zunge raus, wir befürchten, dass du krank bist!«

»So redet man nicht mit seinem Vater, du freches Gör.« Sven drohte ihr scherzhaft mit dem Zeigefinger und grinste seine Tochter gleichzeitig an. Allerdings fühlte er sich wirklich ein wenig angeschlagen – vielleicht kamen das Magengrimmen und die Schweißausbrüche gar nicht von einer romantischen Verwirrung, wie er geglaubt hatte, sondern vom stromländischen Winterwetter, an das er überhaupt nicht mehr gewöhnt war.

»Morgen in einer Woche ist die erste Verhandlungsrunde«, sagte er zu allen dreien. »Eine Staatssekretärin und zwei Firmenbosse, keine weiteren Teilnehmer, weil alles top secret ist – und dazwischen, als Moderator mit weichen Knien, euer armer Sven!«

»Du wirst es schon hinbiegen, Sven.« Su beugte sich nach vorn und spitzte die Lippen zu einem angedeuteten Kuss. »Nicht zuletzt deshalb hab ich dich schließlich geheiratet, mein Lieber – weil du mir schon auf diesem Jazzfestival den Eindruck gemacht hast, als ob du für jedes Problem eine Lösung finden würdest.«

»Wie zum Beispiel damals für unsere nassen Kleider?«

»Psst, die Kinder hören mit!«

»Ich seh nur ein einziges Kind, unseren Kleinen hier.« Lena tätschelte mütterlich Liams Schopf und wurde dafür von Liam in die Wade gezwickt.

»Mit zwölf ist man ein Jugendlicher!«, schrie der Junge. »Und apropos nasse Kleider – soll ich euch mal erzählen, was Lena und Tim neulich in dem kleinen Wald am Strand gemacht haben?«

»Wehe dir!«

»Ich hab euch alle sehr lieb«, sagte Sven, »und ich würde mir wünschen, dass ihr alle drei hier bei mir wärt. Aber jetzt lasst uns für heute Schluss machen – ich muss in den nächsten Tagen jede Menge Akten studieren, und hier ist es schon zwei Uhr in der Nacht.«

9

»Meine Dame, meine Herren, wir sind heute zusammengekommen, um in einer ersten Gesprächsrunde über die Zukunft von TruckXColl und TranXTruck zu beraten. Als Moderator dieser Verhandlungen heiße ich Sie herzlich willkommen.«

Sie saßen in einem Konferenzraum hoch oben im linken Zwillingsturm von PremXLog. Die Wände bestanden überwiegend aus großformatigen Fenstern, die zweifellos einen grandiosen Ausblick geboten hätten, wenn nicht gerade wieder mal kräftige Schneeschauer über Seestadt niedergegangen wären.

Mit einem Lächeln nickte Sven den Teilnehmern des Meetings zu. Die eine Schmalseite des lang gezogenen Tischovals war ihm selbst als dem Gesprächsleiter vorbehalten, zu seiner Linken saß Jon Jager, rechts von ihm Harry Kreisen, der Geschäftsführer der StromTelX, ein drahtiger, nervös wirkender Mann, dessen Augen unablässig über die Anwesenden schweiften.

»Von mir aus können wir diese Verhandlungen sofort wieder beenden.« Jill Sommerlad, Staatssekretärin aus dem Verkehrsministerium, stand in dem Ruf, Professionalität mit einem lockeren Auftreten zu verbinden. Sie trug einen türkisfarbenen Hosenanzug, war Ende dreißig, und allenfalls ihr ein wenig krokodilhaftes Lächeln erinnerte noch daran, wie gefräßig der Staat hierzulande früher einmal gewesen war. Laut Sonja verkörperte Jill Sommerlad den modernen stromländischen Staat – schlank, effizient und unter keinen Umständen bereit, der öffentlichen Verwaltung irgendwelche Aufgaben aufdrängen zu lassen, die nicht zu ihrem Kernbereich gehörten. »Wenn ich die Position der Regierung«, fuhr die Sommerlad fort, »noch mal kurz in Erinnerung rufen darf – die schönen Anlagen, die Sie da an unseren Autobahnen aufgebaut haben, kosten den Steuerzahler mittlerweile mehr Geld, als sie uns durch Straßennutzungsgebühren einbringen. Die Ära der Lastwagen ist vorbei, und sie wird auch nicht wiederkehren. Also muss das alles so schnell wie möglich abgebaut werden.« Sie lehnte sich auf ihrem Stuhl gegenüber von Sven zurück. »Verhandlungsspielraum gibt es da aus Sicht des Ministeriums so gut wie keinen.«

»Nun, um diese Spielräume auszuloten, sind wir hier zusammengekommen.« Sven bemühte sich um ein entspanntes Lächeln. Hoffentlich würde er nicht ausgerechnet heute wieder von diesen Magenschmerzen und Schweißausbrüchen geplagt, die ihn seit einer Woche in unvorhersehbaren Abständen heimsuchten. Er hatte sogar schon daran gedacht, sich von einem Arzt untersuchen zu lassen, aber dann wieder hatte er sich gesagt, dass die kleine Unpässlichkeit schon von selbst verschwinden werde und er nur innerlich ein bisschen aufgewühlt sei (ob nun durch Stromland im Allgemeinen oder Sonja/Sabine im Besonderen, war ihm nach wie vor nicht ganz klar). »Vielen Dank, Frau Sommerlad«, fuhr Sven fort. »Wären Sie so freundlich, Herr Kreisen, als Nächstes die Position der StromTelX darzulegen?«

Der schmale kleine Mann beugte sich so weit nach vorn, als ob er zum Sprung über den Tisch ansetzen wollte. »Aus unserer Sicht ist die Sache auch ziemlich einfach. Wir haben TruckXColl vor fast zwanzig Jahren im Auftrag des Staates entwickelt und zwei Jahrzehnte lang ohne jeden Zwischenfall betrieben. TruckXColl gilt bis heute als weltweit leistungsfähigste und vielseitigste Technologie auf diesem Gebiet. Wenn wir in dieser Runde eine Möglichkeit finden, die Anlagen hier im Inland weiterzubetreiben – umso besser. Wenn nicht, können wir damit auch leben, denn unser Produkt ist im Ausland stark gefragt.« Harry Kreisen lehnte sich zurück und verschränkte die Arme vor der schmalen Brust. Seine wasserblauen Augen flitzten von der Staatssekretärin zu Sven und wieder zurück zu der Dame im türkisfarbenen Anzug. »Allerdings glauben wir, dass es ein strategischer Fehler wäre, TruckXColl zum jetzigen Zeitpunkt abzubauen. Nach unseren Prognosen steht Stromland vor einer riesigen Renaissance des Individualverkehrs – die Weiterentwicklung des eAutos wird einen gewaltigen Boom auslösen, und dann wird dem Staat über kurz oder lang gar nichts anderes übrig bleiben, als eine Maut für Automobile einzuführen. TruckXColl könnte diesen neuen Erfordernissen mit geringem Aufwand angepasst werden.«

Sven räusperte sich. »Wir haben nun die Positionen der Regierung und der StromTelX gehört. Welche Erwartungen hat PremXLog in dieser Sache? Herr Jager, bitte.«

»Die Interessen von Regierung, StromTelX und PremXLog sind nicht identisch, aber sie weisen eine beträchtliche Schnittmenge auf.« Der bullige Mann nahm einen Kugelschreiber in die Hand und begann damit vor sich auf dem Tisch etwas aufzumalen. Erst ein paar Augenblicke später verstand Sven, was da vorging – mehrere der großformatigen Fenster im Raum tönten sich dunkler, bis sie wie gewöhnliche Bildschirme aussahen. Und auf diesen Monitoren erschien Jon Jagers kräftige Hand mit dem Kugelschreiber, der drei eiförmige Gebilde auf eine Unterlage zeichnete. Die Ovale überlagerten einander jeweils ungefähr zu einem Drittel ihrer Ausdehnung, und nachdem er seine Skizze beendet hatte, schrieb Jager mit klotzigen Lettern in jedes Ei eine kurze Bezeichnung: PL, ST und STAAT. In den gemeinsamen Bereich, der die Schnittmenge darstellte, kritzelte er zuletzt »50 Milliarden Taler«.

»Wenn TruckXColl abgeschaltet wird, fällt auch TranX-Truck aus, insofern ist es unser Interesse, dass die ganze Anlage noch möglichst lange in Betrieb bleibt. Aber genau das müsste auch in Ihrem Interesse sein, Herr Kreisen – ganz unabhängig von der vagen Möglichkeit eines neuen Automobil-Booms.« Er sah den viel kleineren Mann auf der anderen Tischseite an. »Sicher besitzen Sie mit TruckXColl eine wettbewerbsfähige Technologie, die noch immer den meisten anderen Systemen überlegen ist. Aber nur TranXTruck stellt eine wirkliche Innovation dar, eine weltweit einzigartige Technologie, für die sich immer mehr Länder und Unternehmen interessieren. Und da es nur zusammen mit TruckXColl funktioniert, wird von jedem Exporterfolg automatisch auch die StromTelX profitieren.«

Er malte einen Kringel um das Wort »Milliarden«, dann schaute er von Harry Kreisen zur Staatssekretärin. »Wenn wir gezwungen würden«, fuhr Jon Jager fort, »die Anlage hier in Stromland zum jetzigen Zeitpunkt abzuschalten, würde es für uns natürlich viel schwerer, ausländische

Partner von den Vorzügen unserer Technologie zu überzeugen. Dabei werden viele Länder noch Jahrzehnte brauchen, bis sie auf die Magnetschwebebahn umgestellt und ein derart dichtes Netz wie wir in Stromland errichtet haben. Und für etliche weitere Länder kommt diese Mobiltechnik, wie wir alle wissen, aus verschiedenen Gründen überhaupt nicht in Frage – dort werden auch im nächsten Jahrhundert noch zehntausende Trucks über die Highways rollen. Wenn die Anlagen hier in Stromland also vorerst in Betrieb bleiben, wette ich mit Ihnen, dass wir in spätestens fünf Jahren das gesamte System mindestens ein halbes Dutzend Mal weltweit verkauft haben. Und davon«, fuhr Jon Jager fort, »hätten alle jetzigen Vertragspartner einen gewaltigen Vorteil – auch die StromTelX, geschätzter Herr Kreisen, da Ihr Produkt zusammen mit TranXTruck nun mal erheblich wertvoller ist als TruckXColl allein.« Er legte den Kugelschreiber so auf den Tisch, dass die Spitze auf das Wort »Taler« deutete. »Und der stromländische Staat würde ganz genauso profitieren, verehrte Frau Sommerlad, denn was ein Exportpotential von fünfzig Milliarden stromländischen Talern für den Arbeitsmarkt und die Steuereinnahmen bedeutet, brauche ich Ihnen ja wohl nicht zu erläutern.«

Die Staatssekretärin war offenkundig beeindruckt. Eine ganze Weile lang wurden nun komplizierte Zahlenspiele gemacht und verwickelte Argumente ausgetauscht. Harry Kreisen versicherte, dass die StromTelX weder auf den Staat noch auf PremXLog angewiesen sei. Jill Sommerlad wiederholte mit gefährlichem Lächeln, dass der stromländische Staat seine Aufgabe nicht darin sehen könne, Privatunternehmen mit Steuergeldern zu subventionieren. Und Jon Jager beschwor ein ums andere Mal ihre gemeinsamen

Interessen und kritzelte immer weitere Kringel in seine Schnittmengenskizze, bis sie aussah wie ein Korb wild bemalter Ostereier.

Sven mischte sich in dieses hitzige Hin und Her so wenig wie möglich ein. Er beschränkte sich darauf, zuzuhören und Argumente zusammenzufassen, Kopien sämtlicher kursierenden Papiere an sich zu nehmen und ab und an zu sachlicher Diskussion zu raten. Vor dem Meeting hatte er Sonja kurz gesehen, aber sie hatten nur ein paar belanglose Worte gewechselt. Im Lauf seiner ersten stromländischen Woche hatte er sie jeden Tag hier im PremX-Log-Turm getroffen oder zumindest mit ihr telefoniert. Aber auf ihren Vorschlag, abends mal ein Glas zusammen zu trinken, waren sie beide nicht mehr zurückgekommen. Ihm war mittlerweile klar geworden, dass es wenig Sinn hatte, sich mit Sonja zu treffen, wenn er eigentlich Sabine wiedersehen wollte. Und auch wenn es bestimmt eine ziemlich traurige Begegnung wäre – er würde trotzdem viel darum geben, Sabine noch einmal zu sehen.

»Also gut, jetzt liegen die Karten auf dem Tisch.« Jill Sommerlad schaute demonstrativ auf ihre Armbanduhr. »Und wie soll es nun weitergehen? Wenn ich die Spielregeln solcher Veranstaltungen richtig in Erinnerung habe, wäre es jetzt an Ihnen, Herr Laufer, ein Kompromisspapier aus der Tasche zu ziehen.«

Alle sahen ihn erwartungsvoll an.

»Das wäre der übliche Weg.« Sven lächelte in die Runde. »Aber machen Sie sich bitte klar, dass wir es hier mit nichts zu tun haben, was auch nur im Entferntesten Bezeichnungen wie ›Problem‹ oder gar ›Krise‹ verdienen würde. Um einen Interessenkonflikt wie diesen hier würde man Sie in jedem anderen Land der Welt beneiden. Immerhin reden wir von einigen der genialsten und erfolgreichsten technischen Entwicklungen der letzten Jahrzehnte – der Magnetschwebebahn, TruckXColl, TranXTruck und nun auch noch von diesen neuartigen Elektroautomobilen. Alle diese Technologien und Produkte wurden hier in Stromland entwickelt und auf den Markt gebracht, es sind allesamt Symbole des neuen, wieder erstarkten Stromland, und jede dieser Innovationen allein ist viele Milliarden Taler wert.«

Er machte eine kleine Kunstpause und sah die drei Kontrahenten der Reihe nach an. »Hier geht es um eine Herausforderung, die für alle Partner ein gewaltiges Potential birgt. Unsere Aufgabe muss es also sein, die Weiterentwicklung und Vermarktung all dieser stromländischen Spitzentechnologien so miteinander zu vernetzen, dass alle Partner den größtmöglichen Nutzen davon haben – die beteiligten Unternehmen ebenso wie Gesellschaft und Staat. Und hierüber wollen wir in den nächsten Tagen intensiv nachdenken und miteinander reden.«

Sven erhob sich, plötzlich spürte er wieder dieses nervöse Magengefühl. »Frau Sommerlad, Herr Kreisen, Herr Jager, ich werde mir erlauben, mich im Lauf der Woche mit jedem von Ihnen zu einem Vier-Augen-Gespräch zu verabreden. Und natürlich bin ich auch meinerseits jederzeit für Sie zu erreichen – meine Nummer und meine Mail-Adresse haben Sie ja.«

Als Sven in die Gesichter der Anwesenden sah, erkannte er, dass er offenbar den richtigen Ton getroffen hatte. Alle drei schauten auf einmal viel entspannter und zuversichtlicher als während des gesamten Meetings drein. Der Staatssekretärin und den beiden Geschäftsführern schien bewusst geworden zu sein, dass sie gemeinsame Stärken und Interessen hatten, die viel wichtiger waren als alle vermeintlichen Gegensätze.

»Meine Dame, meine Herren«, schloss Sven, »wenn wir uns heute in einer Woche wieder in diesem Raum zusammensetzen, kann ich Ihnen höchstwahrscheinlich schon einen ersten Lösungsvorschlag vorlegen. Ich bin zuversichtlich, dass es uns allen bei der Suche nach dem bestmöglichen Lösungsmodell weder an Kooperationsbereitschaft noch an Kreativität und Flexibilität fehlen wird.«

Vor den Fenstern, soweit sie sich nicht in Monitore verwandelt hatten, fiel jetzt Schneeregen in grauen Schnüren vom Himmel. Wenn sie hier in Stromland schon so viele grandiose Neuerungen einführten, dachte Sven – wie wäre es mit einer kleinen Klima-Innovation? Oder zumindest mit Fenstermonitoren, die einen fruchtländischen Strand oder eine Palmenallee wie in Zuckerhutland simulierten?

10

»Wie könnte ich mich Ihrem Gesprächswunsch verweigern, Herr Laufer – nach Ihrem gestrigen leidenschaftlichen Plädoyer für stromländische Kooperation?« Jill Sommerlad beugte sich mit spöttischem Lächeln auf ihrem Schreibtischstuhl nach vorn. »Aber erwarten Sie nur nicht zu viel!«

Der Teil ihres Büros, der auf dem Telemonitor zu sehen war, wirkte funktional und freundlich – ein heller Raum mit einem großen Schreibtisch, darauf ein Laptop und ein paar bunt verstreute Papiere. Vor ihrem Fenster im Hintergrund ragte der Amtssitz des stromländischen Regierungschefs in den Himmel, ein gewaltiger Quaderbau mit Bullaugen-Portal, der in Svens Kindheit mitten in Seestadt errichtet worden war. »Warum kommen Sie nicht einfach heute Mittag raus auf die Autobahn Eins-null-zwo? Da habe ich einen Ortstermin an der Raststätte Kalte Quelle. Ich esse gegen halb zwei eine Kleinigkeit, und wenn Sie sich anschließen wollen, können wir ja dabei über Ihre Ideen reden.«

»Wunderbar«, sagte Sven. »Vielen Dank, Frau Sommerlad.«

»Warten Sie's ab!« Sie setzte wieder ihr gefährliches Lächeln auf, nickte ihm zum Abschied zu, dann verschwamm ihr Bild auf dem Monitor.

Sven lehnte sich im Sessel zurück. Es war bereits zehn Uhr morgens, aber er hatte seinen Bungalow heute noch nicht verlassen. Letzte Nacht war er mit irrsinnig hämmerndem Herzen aus dem Schlaf geschreckt und hatte minutenlang im Stockdunkeln gesessen und darauf gewartet, dass sein Herz sich wieder beruhigte. Danach hatte er nicht mehr einschlafen können und stattdessen die restliche Nacht am Schreibtisch verbracht. Gegen acht hatte er sich ein Frühstück bringen lassen und Tee schlürfend weitergearbeitet. Jetzt fühlte er sich eigentlich ganz gut, wenn auch ein wenig müde. Im Grunde glaubte er immer noch nicht, dass er ernstlich krank war, doch die bizarren Symptome beunruhigten ihn mehr und mehr.

Kurz entschlossen rief er auf seinem Hotelcomputer das Wahlmenü auf und klickte auf den Button »Personal Manager«. Nicht einmal zwei Sekunden später erschien Holger Degen auf dem Telemonitor.

»Guten Morgen, Herr Laufer. Ich hoffe, Sie haben sich ein wenig eingelebt in Ihrer alten Heimatstadt. Was kann ich für Sie tun?«

»Danke der Nachfrage. Seestadt begeistert mich jeden Tag aufs Neue. Aber es gibt da eine Kleinigkeit, Herr Degen, die ich mit einem Arzt besprechen möchte – können Sie mir jemanden empfehlen? Einfach einen erfahrenen Hausarzt, keinen Spezialisten, bitte.«

Holger Degens Gesicht ließ dezentes Mitgefühl erkennen. »Da fällt mir spontan Dr. Sonnleit ein – möchten Sie, dass ich einen Termin für Sie vereinbare? Oder wäre es für Sie bequemer, wenn ich eine Verbindung herstelle, und Sie machen direkt mit der Praxis etwas aus?«

Das war Sven in der Tat lieber. Sie verabschiedeten sich voneinander, und kurz darauf erschien eine junge Frau in weißer Tracht auf dem Telebildschirm. Sven schilderte kurz seine Beschwerden und war darauf gefasst, dass er einen Termin in frühestens acht Tagen bekommen würde und sich zur vereinbarten Stunde in das möglicherweise weit entfernte Haus begeben müsste, wo Dr. Sonnleit praktizierte.

»Passt Ihnen heute Nachmittag siebzehn Uhr?«, fragte ihn die junge Frau. »Da Sie im ›Atlantis‹ wohnen, müsste in Ihrem Zimmer alles vorhanden sein, was der Doktor zur Diagnose benötigt.«

»Siebzehn Uhr wäre okay«, sagte Sven. »Aber Sie meinen – hier im Bungalow, Schwester?« Sven wandte sich um und deutete auf den Konferenztisch, auf dem noch die Reste seines Frühstücks standen. »Wie soll das gehen?«

»Nun, in den meisten Hotels in der City ist heutzutage alles vorhanden, was wir für Bildschirmdiagnose und Ferntherapie benötigen – Vitalweste, intelligenter Medikamentenschrank und einiges mehr. Aber das wird Ihnen der Doktor heute Nachmittag selbst erläutern. Entschuldigen Sie, Herr Laufer, da kommt ein weiterer Anruf rein.«

Sven verabschiedete sich auch von der freundlichen Krankenschwester und schaltete sein Telefon ab. Was für eine unsinnige Idee, sich beim Doktor zur Sprechstunde anzumelden, dachte er. Er war doch überhaupt nicht krank, nur immer noch ein wenig durcheinander! Aber was die junge Frau da eben angedeutet hatte, reizte auch seine Neugierde – waren sie hier in Stromland wirklich schon so weit, dass sie kranke Leute zu Hause behandeln konnten, ohne dass der Patient sich zum Arzt schleppen oder dieser umgekehrt den Kranken aufsuchen musste? Nun, das würde sich heute Nachmittag ja zeigen.

Im Moment hatte Sven ein ganz anderes Problem – wenn

er sich zum Lunch mit Jill Sommerlad draußen an der Autobahn treffen wollte, brauchte er natürlich ein Auto. Wieder begann sein Herz heftiger zu schlagen, aber diesmal war es kein nervöses Hämmern, sondern ein freudig aufgeregtes Pochen. Die Stromländer sind ja allesamt Autonarren, und offenbar hatte diese kindliche Begeisterung für elegante Karossen, bärenstarke Motoren und unbekümmertes Dahinrasen auch in Sven zwanzig Jahre lang nur geschlummert. Jetzt jedenfalls war sie erwacht und drängte ihn, abermals seinen Personal Manager anzurufen.

Er benötige einen Wagen, sagte Sven. Am besten sofort, und zwar nicht irgendein Auto. »Mein Sohn hat mir aufgetragen«, fuhr er nicht ohne Verlegenheit fort, »mal diesen neuen Elektrosportwagen auszuprobieren, der vor ein paar Monaten hier in Stromland auf den Markt gekommen ist.«

Holger Degen lächelte. »Das eCoupé – eine großartige Kreation. Der Wagen wird für Sie personalisiert und steht um halb elf vor dem Hotel bereit.«

Erfreut dankte Sven seinem Personal Manager ein zweites Mal.

Holger Degen hatte es sich nicht nehmen lassen, Sven persönlich mit der Funktionsweise des eCoupés bekannt zu machen. Glitzerte da nicht so etwas wie jungenhafte Begeisterung in den Augen des sonst so zurückhaltenden Managers? Mann, Mann, Mann, dachte Sven jedenfalls, während er den funkelnden Wagen vor dem Portal des »Atlantis« umkreiste. Das eCoupé sah aus wie ein lang gezogener Tropfen aus reinem Silber.

Im Nu hatte sich eine ganze Traube von Passanten um das Auto gebildet, die Svens Erkundung mit mehr oder weniger fachmännischen Kommentaren begleitete. Sven öffnete die Fahrertür und setzte sich hinter das Steuer.

»Guten Tag, Herr Laufer, bitte legitimieren Sie sich«, sagte eine melodische Frauenstimme.

Holger Degen hatte die Beifahrertür geöffnet und seinen Kopf ins Wageninnere gesteckt. »Der Fingerabdruck-Scanner ist da vorn unter dem Lenkrad.«

Sven legte seine Fingerspitze auf das Scannerauge, und kurz darauf erwachte das eCoupé zum Leben. Automatisch schmiegte sich ein Sicherheitsgurt um ihn, und der Sitz bewegte sich in eine Position, die seinen Körpermaßen optimal entsprach. Auf einem Display, das in die Windschutzscheibe eingeblendet war, erschien ein Straßenplan, auf dem das miniaturisierte »Atlantis« und sogar der Wagen, in dem Sven saß, deutlich zu sehen waren.

»Bitte nennen Sie Ihr Fahrtziel«, sagte die Frauenstimme. »Wenn Sie möchten, dass ich in einer anderen Sprache mit Ihnen spreche, nennen Sie bitte einfach die gewünschte Sprache.«

»Vielleicht möchten Sie ja lieber Fruchtländisch sprechen«, warf Holger Degen ein, aber Sven verneinte mit einer Heftigkeit, die sie beide ein wenig erstaunte.

»Kalte Quelle«, sagte er.

»Ihr Fahrtziel ist die Autobahnraststätte Kalte Quelle«, bestätigte das Auto. »Die Entfernung beträgt dreiunddreißig Kilometer. Die Straßen sind trocken und sicher, die Außentemperatur beträgt plus drei Grad Celsius. Keine Verkehrsbehinderungen, kein Tempolimit auf der Autobahn.«

Sven umklammerte das Lenkrad ein wenig fester. Es fühlte sich an, als ob es nicht einfach aus Kunststoff bestünde, sondern Teil eines lebendigen, intelligenten Organismus wäre. »Wie schnell fährt das Ding?«

»So schnell es die Situation erlaubt«, sagte die Autostimme. Holger Degen nickte ihm lächelnd zu, zog seinen Kopf zurück, und die Beifahrertür glitt zu. »Innerhalb verkehrsberuhigter Wohngebiete maximal dreißig Stundenkilometer. Auf der Autobahn bei freier Fahrt und optimalen Bedingungen können Sie bis auf vierhundertfünfzig km/h beschleunigen.«

»Dann los«, sagte Sven. »Aber um Himmels willen langsam!«

Der Wagen startete augenblicklich, aber das war nur an einem fast unmerklichen Vibrieren zu spüren – der Motor arbeitete so lautlos wie bei der Magnetschwebebahn. »Bitte biegen Sie in dreihundert Metern nach rechts auf die Autobahn ein«, sagte die Autostimme. Aber Sven überlegte es sich im letzten Moment anders – zuerst wollte er noch ein bisschen durch die Stadt fahren, um mit dem eCoupé etwas vertrauter zu werden.

Die Leute sahen sich nach dem eleganten Wagen um, egal ob Sven auf der Schnellstraße fuhr, durch Wohnviertel oder Gewerbegebiete rollte. Früher waren in Seestadt viele Straßen den halben Tag lang verstopft gewesen, aber jetzt floss der Verkehr überall störungsfrei dahin. Die meisten Autos, die ihm begegneten, waren winzige Stadtflitzer, die in die kleinsten Parklücken passten, und Pick-ups, die wahrscheinlich irgendwelche Fracht von einem Magnetbahnhof zu Kunden oder Händlern brachten. Fast alle Autos fuhren mit Elektromotoren, daher war vom Verkehr kaum etwas zu hören, nur das Rollgeräusch der Reifen auf dem Straßenbelag. Aber all diese herkömmlichen Elektromotoren brachten nur wenig Leistung und mussten nach kurzer Zeit ihre Akkus aufladen. Erst der junge Ingenieur Jan Brinkmann hatte mit seinem eAuto beide Probleme auf einen Schlag gelöst.

Hatte Harry Kreisen also Recht – stand Stromland vor einer Renaissance des Individualverkehrs? Nirgendwo war die Leidenschaft für das Autofahren so verbreitet und so tief verwurzelt wie in Stromland. So wie fast alle bahnbrechenden Technologien des neunzehnten und zwanzigsten Jahrhunderts war auch das Auto in Stromland erfunden worden. Da wäre es zweifellos nur folgerichtig, dachte Sven, wenn auch die erste wirkliche Revolution auf diesem Gebiet von Stromland ausgehen und sich ebenso in der ganzen Welt verbreiten würde wie vor mehr als hundert Jahren das Auto mit Verbrennungsmotor.

Die Autostimme erinnerte ihn ein paarmal höflich daran, dass Sven die vorgesehene Strecke verlassen habe, und schließlich rief er ihr zu: »Später! Jetzt touren wir einfach so durch die Gegend!«, und das Auto antwortete: »Verstanden, Herr Laufer. Bitte sagen Sie ›Fahrtziel‹, wenn Sie wieder Kurs auf die Raststätte Kalte Quelle nehmen möchten.«

»Ich muss um dreizehn Uhr dreißig dort sein«, sagte Sven.

»Dann sollten wir in spätestens vierzig Minuten die Autobahn ansteuern.«

»Okay, aber jetzt gib mal ein bisschen Ruhe.«

Entspannt rollte Sven durch die Straßen von Seestadt. Über Nacht hatte es einen Wetterwechsel gegeben, die grauen Schneereste waren überall weggetaut, und die Sonne schien vom blauen Himmel. Da lag beinahe schon ein Hauch von Frühling in der Luft, dachte Sven – eine Redensart, die er auch schon zwanzig Jahre nicht mehr benutzt hatte. In Fruchtland war ja praktisch immer Sommer, jedenfalls wenn man es mit den Augen eines Stromländers betrachtete. Aber das hieß natürlich auch, dass kein Fruchtländer die Freude nachempfinden konnte, mit der man hierzulande, nach Monaten der Dunkelheit und Kälte, den wiederkehrenden Frühling begrüßte.

Sven fuhr jetzt in ein Wohnviertel am Stadtrand ein, und das eCoupé bremste automatisch auf dreißig Stundenkilometer herunter. Vermutlich gab es an den Grenzen solcher Viertel einfach ein paar Sensoren, die dem Auto mitteilten, wie es sich hier verhalten sollte. Obwohl Sven den Wagen mit dem Steuerrad und mit seinem rechten Fuß auf den Pedalen dirigierte, hatte er den deutlichen Eindruck, dass das eCoupé auf intelligente Weise an der Steuerung beteiligt war. Dezent verbesserte es seine Vorgaben, harmonisierte Brems- und Beschleunigungsvorgänge, umrundete Hindernisse und glitt so butterweich durch Kurven, als ob es an unsichtbaren Schnüren gezogen würde. Durch die Federung mit Magnetventilen war von Unebenheiten im Boden sowieso kaum etwas zu spüren.

Es war tatsächlich, als ob mit dem eCoupé das Autofahren vollkommen neu erfunden worden wäre. Auf der ganzen Welt gab es nichts Vergleichbares, dachte Sven, dieses eAuto war eine zutiefst stromländische Erfindung, eine Technologie, die ohne die hiesige Ingenieurskunst vielleicht niemals verwirklicht worden wäre. Und ebenso großartig war, dass es im neuen Stromland endlich wieder möglich war, bahnbrechende Innovationen nicht nur zu entwickeln, sondern auch selbst zu produzieren und zu vermarkten.

Ohne es recht zu bemerken, hatte Sven wieder mal begonnen, eine seiner seltsamen kleinen Melodien zu pfeifen. Herr Humin wäre sicher nicht sehr froh gewesen, wenn diese Geräuschfolge in seine Gehörgänge eingedrungen wäre, und nach einer Weile bemerkte Sven, dass er auch dem eCoupé Probleme bereitete. In der Audioanlage ertönten sinfonische Klänge und erstarben gleich wieder, im nächsten Moment waren die Anfangstakte eines älteren Pophits zu hören, aber auch sie verebbten binnen kurzem wieder.

»Ich kann leider noch nicht genau erkennen, welches Musikstück Sie wählen möchten«, sagte die Autostimme in bedauerndem Tonfall. »Wenn Sie die gewünschte Melodie hören, sagen Sie bitte ›jetzt‹ oder ›ja‹. Oder nennen Sie einfach einen Titel, Komponisten oder Interpreten.«

»Beatles«, sagte Sven, »All you need is love!« Die Stimme des jungen Paul McCartney erklang, aber schon nach wenigen Sekunden traf Sven eine neue Wahl. »Beethoven«, sagte er, »Frühlingssonate!«, und während die jubilierenden Klänge im Audiosystem erschallten, erinnerte er sich plötzlich, dass Herr Humin im »Theatron« auf seinen Anruf wartete.

»Kalte Quelle«, rief Sven. Im Nu hatten sie die verkehrsberuhigte Zone wieder hinter sich, und gleich darauf bogen sie auf den Zubringer zur Autobahn ein. »Jetzt zeig, was du kannst«, sagte Sven und meinte sich selbst und das Auto und vielleicht auch Beethoven und die Musiker, deren himmlische Klänge durch keinerlei Motordröhnen beeinträchtigt wurden. Dabei jagte er über die Autobahn, als ob er in einer Rakete säße, noch schneller als in der Magnetbahn, jedenfalls war es ein noch viel ekstatischeres Gefühl für Sven, der die Frühlingssonate mit lauten und schrecklichen Pfiffen begleitete. Häuser und Bäume flogen nur so an den Rändern der riesig breiten Straße vorüber, und das Vibrieren des superstarken, völlig geräuschlosen Motors ließ seinen ganzen Körper leise und sehr angenehm erzittern, wie bei einer elektromagnetischen Massage.

»Liam!«, schrie Sven außer sich vor Begeisterung. »Wenn

du das sehen könntest! Wie dein Vater hier durch Stromland jagt, in diesem superkrassen eCoupé!«

»Telefonverbindung mit Liam Laufer wird hergestellt. Noch vier Sekunden, drei, zwei …«, sagte das Auto.

»Hey, nein, was soll das! Der Junge schläft doch längst!«

»Was mach ich? Hi, Sven, was schreist du denn so rum? Mach mal die Musik leiser. Ich versteh ja sonst gar nix.«

»Beethoven leise«, sagte Sven. Das Coupé ging mit der Geschwindigkeit auf 220 runter. »Hallo, Liam? Weißt du, wo ich gerade bin? Ich fahr über die Autobahn, und es ist wirklich der reine Wahnsinn. Das eCoupé ist superschlau und flüsterleise. Die Magnetbahn ist ja auch eine tolle Sache, aber das hier ist noch hundertmal schärfer.«

»Schön für dich, Sven.« Liams Stimme kam über die Audioanlage so klar herein, als ob der Junge bei ihm im Auto sitzen würde. »Aber mich wolltest du ja nicht mitnehmen. Und wer weiß, wann ich's irgendwann mal schaff, nach Stromland zu kommen.« Liam wirkte richtig niedergeschlagen, so als ob er eine der großen Chancen seines Lebens verpasst hätte – und zwar durch Svens Schuld, weil er sich geweigert hatte, Liam mit nach Stromland zu nehmen.

»Hör mal, Junge, lass den Kopf nicht hängen«, sagte Sven. »Hier in Stromland ist alles, was ich bisher zu sehen bekommen habe, so umwerfend toll, dass ich's gar nicht richtig beschreiben kann. Die Leute, die Stimmung, Service und Technik – alles wie im Traum. Das hier wird bestimmt nicht der letzte Job sein, den ich in Stromland übernehme. Und eins verspreche ich dir, Liam – wenn sich's irgendwie machen lässt, kommt ihr alle drei beim nächsten Mal mit.«

»Mann, Sven, das glaubst du doch nicht im Ernst.« In Liams Stimme schienen Hoffnung und Resignation miteinander zu kämpfen. »Su wäre bestimmt dabei, sie ist ja immer gleich begeistert, wenn es irgendwas Neues auszuprobieren gibt. Aber Lena? Die ist ja wie verschweißt mit Tim, die kriegst du in keinen Flieger nach Stromland, egal was du ihr dafür versprichst.«

Sven dachte einen Moment lang über Liams Worte nach. Irgendwo ganz im Hintergrund ertönten immer noch die Klänge der Frühlingssonate, aber so leise, dass es nur wie ein Wispern war. Lena ist gerade mal sechzehn, dachte Sven, Tim ist ihre erste Liebe, und so was hält ja meistens nur ein paar Wochen oder Monate. »Wenn's gar nicht anders geht«, sagte er aber zu Liam, »nehmen wir ihren Tim eben mit. Und jetzt musst du wirklich ins Bett, Liam. Ich hatte dich gar nicht anrufen wollen, bei euch ist es ja schon wieder spät am Abend. Aber das Auto hat dich angerufen, als ich laut deinen Namen gesagt habe.«

»Das Auto? Cool! Und warum hast du meinen Namen denn gesagt, Sven?«

»Gute Frage, Junge. Wahrscheinlich wollte ich einfach mal kurz mit dir sprechen.«

»Da siehste, wie schlau das eCoupé ist.«

»Überzeugen Sie sich selbst, Herr Laufer.« Jill Sommerlad deutete zum Panoramafenster, das freien Ausblick auf die Umgebung erlaubte. »Wir sitzen jetzt seit mindestens fünf Minuten hier – ist Ihnen aufgefallen, wie wenige Lastwagen in dieser Zeit vorbeigekommen sind? Und kein einziger davon aus Stromland.«

Darauf wusste Sven nicht gleich eine Antwort. Schweigend löffelten sie ihre Vorspeise und schauten auf die sechsspurige Straße hinunter. Das Restaurant war in Form einer Brücke erbaut worden, die sich in fünfzehn Meter Höhe über die gesamte Autobahn erstreckte.

»Aber in derselben Zeitspanne«, sagte Sven schließlich, »sind hundertmal mehr Autos hier vorbeigekommen – und davon mindestens ein Dutzend dieser nagelneuen eCoupés. Obwohl die erst seit ein paar Wochen auf dem Markt und momentan noch ziemlich teuer sind. Und das zeigt doch, wie sehr die Stromländer immer noch ins Autofahren vernarrt sind.«

Noch heute Vormittag, als Sven sich mit der Staatssekretärin verabredet hatte, hatte er geglaubt, dass es am schwierigsten sein würde, die Regierung von einer Kompromisslösung zu überzeugen. Warum sollte der Staat Jahr für Jahr wachsende Verluste mit einer Technologie einfahren, deren Blütezeit allem Anschein nach Vergangenheit war? Aber seit er im eCoupé hierher gefahren war, war er sich beinahe sicher, dass es sich genau andersherum verhielt – die ganz große Zeit für das Mautsystem würde erst noch kommen, auch wenn man die Technologie den neuen Verhältnissen natürlich anpassen müsste. »Wenn das eAuto erst in größeren Stückzahlen produziert wird und die Preise entsprechend fallen«, sagte er, »wird ein gewaltiger Run auf diese neue Technik einsetzen. Sehen Sie das nicht auch so, Frau Sommerlad?«

»Tja, das eCoupé ist ein Knaller, Herr Laufer – da werden Sie in ganz Stromland kaum jemanden finden, der diese Ansicht nicht teilt. Sogar die Rettet-den-Wald-Partei hat lobende Worte für dieses Auto gefunden. Es füllt seine Akkus beim Fahren durch ein Rückladesystem auf und speichert außerdem Sonnenenergie, wann immer sich die Möglichkeit bietet – ein wahrer Geniestreich.«

Jill Sommerlad schob ihre Suppenschale beiseite und betrachtete erfreut die enorme Salatplatte, die soeben ein Kellner vor ihr abstellte. »Aber egal, wie viele eCoupés da unten rumfahren – bei TranXTruck werden die Lichter trotzdem in Kürze ausgehen. Mittlerweile haben wir hierzulande einen regelrechten Verdrängungswettbewerb zwischen Spitzentechnologien aus stromländischen Labors. Also kein Grund, von Krisen oder Problemen zu reden, da gebe ich Ihnen Recht – aber auch keine Möglichkeit, TruckXColl und TranXTruck zu erhalten. Die Anlage wird schlicht nicht mehr gebraucht.«

Sven wog noch einen Augenblick lang Chancen und Risiken gegeneinander ab, doch sein Entschluss war schon gefallen. »Was den Frachtverkehr betrifft, haben Sie ohne Zweifel Recht.« Er gönnte sich einen ersten Happen von seinem Uhrstädter Geschnetzelten, auf das er sich im Grunde seit zwanzig Jahren gefreut hatte. In Fruchtland gab es nichts annähernd Vergleichbares. »Aber glauben Sie nicht auch, dass der Individualverkehr in Stromland vor einer riesigen Renaissance steht? Letzte Woche habe ich noch in Fruchtland eine Reportage im bedeutendsten größtländischen Wirtschaftsblatt gelesen. Darin wird beschrieben, wie sich dieser junge Stromländer Jan Brinkmann aus widrigsten Verhältnissen nach oben gearbeitet und sein revolutionäres Elektroauto nicht nur entwickelt, sondern auch noch selbst damit begonnen hat, seine Erfindung zu vermarkten.«

»Großartig, dieser Brinkmann.« Die Sommerlad spießte eine Komposition aus Blattgrün und Radieschen mit der Gabel auf. »Und eine Erfolgsstory, wie sie in Stromland neuerdings wieder möglich ist. Aber sagen Sie, Herr Laufer, was kommen Sie mir denn andauernd mit diesem Brinkmann und seinem eCoupé? Der Individualverkehr zahlt in Stromland bekanntlich keine Maut, und das TranXTruck-System von PremXLog ist mit noch so vielen eAutos ganz bestimmt nicht zu retten.«

»Mit dem Hochleistungselektromotor hat Brinkmann das Automobil mehr oder weniger neu erfunden«, sagte Sven. »Auf das eCoupé werden leistungsfähige Elektrolimousinen folgen, eJeeps, Elektromotorräder – alles, was eine komfortable Fortbewegung erlaubt, alles, was Mobilität, Spaß und Individualität auf eine Weise verbindet, die weder Magnetbahn noch Flugzeug bieten können.«

»Ich hab's vorausgesehen, ich prophezeie es seit Wochen«, sagte Jill Sommerlad. »Nicht mehr lange, und der erste Brinkmann-Lobbyist steht bei mir auf der Matte.« Erstaunt sah Sven die Staatssekretärin an. »Aber nicht mal ich hätte damit gerechnet«, fuhr sie fort, »dass Sie dieser Lobbyist sein würden, Herr Laufer.« Sie grinste ihn an und machte sich gleichzeitig über die Reste ihrer Salatplatte her. »Aber jetzt mal im Ernst – so ganz Unrecht haben Sie nicht, unter uns gesagt. In meinem Ministerium sitzen ja auch ein paar Leute, die ein bisschen Phantasie und Grips besitzen, und einige von ihnen versuchen mich seit Wochen davon zu überzeugen, dass uns genau dieser Auto-Boom bevorsteht, den Sie eben an die Wand gemalt haben.«

»Ich habe es selbst nicht recht glauben können«, sagte Sven, »bis ich heute mit dem eCoupé hierher gefahren bin. Aber nach dem erwähnten Artikel habe ich eine ganze Reihe von Prognosen und Studien gelesen, die alle mehr oder weniger zu dem gleichen Schluss kommen. Niemand bezweifelt, dass BeAT in den nächsten Jahren diverse weitere Modellreihen produzieren wird – und dass die Preise entsprechend rapide fallen werden.«

»Mir ging es vor kurzem genauso wie heute Ihnen«, gab die Staatssekretärin zurück. »Da bin ich mit so einem Geschoss mitgefahren – nur mitgefahren, auf dem Beifahrersitz –, und seitdem glaube ich auch, dass dieser Boom wahrscheinlich kommen wird. Sich auf eigene Faust voranzubewegen ist ein Urbedürfnis der Menschen – oder jedenfalls von uns Stromländern. Das Auto schien diesen Traum zu erfüllen, bis Ende des letzten Jahrhunderts aus dem Traum ein Albtraum aus Staus und Smog und veralteter Technik geworden war. Aber sehr viele Leute, die heute nur noch mit der Magnetbahn fahren, werden zumindest in einigen Bereichen zum Auto zurückkehren, wenn ihnen ein intelligentes neues Konzept zu akzeptablen Kosten angeboten wird. Für kürzere Strecken über Land oder einfach zum Spaß, in der Freizeit – und nicht nur unsere Leute, sondern genauso in Weinmark, Berganien und erst recht in all den Ländern, die überhaupt keine Magnetbahn haben.«

Die Sommerlad schnipste nach dem Kellner und bestellte Espresso. »Für Sie auch?« Sven nickte. »Und wenn wir erst diesen hübschen Boom haben«, fuhr sie fort, »dann brauchen wir auch wieder das Mautsystem – weil wir dann nämlich eine Straßennutzungsgebühr für den Individualverkehr einführen werden. Darauf wollen Sie doch hinaus?« Sven nickte erneut. »Und wenn wir dann unsere schöne Anlage abgebaut hätten, würden wir uns zugrunde ärgern, weil wir dann nämlich für teures Geld etwas Neues installieren müssten – so stellen Sie sich das doch sicherlich vor. Aber jetzt verrate ich Ihnen mal etwas, Herr Laufer.«

Der Kellner stellte zwei winzige Espressotassen vor ihnen ab, und die Sommerlad streute fünf Krümel Zucker in ihren Kaffee. »Die gesamte Regierung von Stromland freut sich seit Jahren auf den Tag, an dem wir aus dieser Mautgeschichte aussteigen können. Und wissen Sie, warum?« Diesmal schüttelte Sven den Kopf. »Weil es überhaupt nicht Aufgabe des Staates sein kann, Straßen zu bauen und zu unterhalten und das Ganze mit Straßennutzungsgebühren zu bezahlen – das können private Betreiber doch viel besser als wir!« Sie hob ihre Tasse und trank einen winzigen Schluck. »Warum sollten wir da diese Mautanlage künstlich am Leben erhalten und dabei auch noch draufzahlen? Und im Übrigen, Herr Laufer: Wenn die Renaissance des Autoverkehrs tatsächlich kommt, kann es ja sein, dass sich TruckXColl den veränderten Erfordernissen anpassen lässt – aber für TranXTruck kann ich selbst im günstigsten Fall keine Perspektive entdecken. Oder wollen Sie vielleicht messen, wie viel leere Ladefläche in diesen eCoupés ist und wann das Haltbarkeitsdatum der enthaltenen Fleischfracht abläuft? Na, was sagen Sie jetzt?«

»Ich sage: Herzlichen Dank für dieses äußerst anregende Gespräch.« Sven nippte an seinem Espresso. »Meine Aufgabe ist es in diesem Stadium weniger, Antworten zu geben, als herauszufinden, in welche Richtung Sie und Ihre Partner sich bewegen könnten. Und ich glaube, Frau Sommerlad, in der letzten halben Stunde haben wir so einiges in Bewegung gebracht. Ich darf die Rechnung für unseren Lunch doch übernehmen?«

»Das kommt überhaupt nicht in Frage. Wer so leidenschaftlich darüber nachdenkt, wie sich die Einnahmen der stromländischen Regierung verbessern ließen, hat sich zumindest ein Mittagessen auf Staatskosten verdient.«

11

Sven parkte das eCoupé in der Tiefgarage des »Atlantis« und fuhr mit dem Lift in die Hotellobby hoch. Noch vom Auto aus hatte er verschiedene Telefongespräche geführt – Harry Kreisen, der Geschäftsführer der StromTelX, würde ihn morgen zum Lunch in seinem Bungalow aufsuchen. Herr Humin war sehr erfreut, die Stimme seines Bekannten aus dem fernen Fruchtland zu hören, und noch erfreuter, als Sven vorschlug, morgen Abend im Kulturdom gemeinsam ein Konzert zu besuchen. Während er in seinem lautlos dahingleitenden Silbertropfen bereits wieder durch Seestädter Vororte rollte, rief Sven schließlich noch »Personal Manager!«, und das Auto stellte eine Verbindung zu Holger Degen her.

Zwei Wünsche habe er, sagte Sven, nachdem sie einander begrüßt hatten. Morgen um dreizehn Uhr erwarte er in seinem Bungalow einen Herrn zum Lunch – ob Holger Degen wohl so freundlich sei, eine Kleinigkeit vorbereiten zu lassen? Drei Gänge, irgendetwas Frisches, Leichtes, erklärte er, damit man einen freien Kopf für die Besprechung behalte. Anschließend Tee oder Kaffee je nach Wunsch. Aber selbstverständlich, eine Hilfskraft vom Catering-Personal reiche völlig aus.

Holger Degen versicherte, dass er alles wie gewünscht

organisieren würde. Sven fuhr gerade auf die City-Schnellstraße auf, und das eCoupé beschleunigte so kraftvoll, dass er in seinen Sitz gedrückt wurde. »Der zweite Punkt«, fuhr er ein wenig atemlos fort: »In meinem Bungalow soll es eine so genannte Vitalweste und andere Dinge geben, die der Doktor nachher für die Telediagnose benötigt. Wo finde ich diese Sachen?«

»In Ihrem Badezimmer ist hinter der Tür ein kleiner Medikamentenschrank.« Holger Degens Stimme vibrierte jetzt hörbar vor Stolz. »Sie erkennen ihn an dem Rotkreuzsymbol auf der Vorderseite. Dort finden Sie die Vitalweste, die Sie für die Sprechstunde benötigen. Weitere Hinweise finden Sie übrigens auf Ihrem PC, Menüpunkt ›Intelligente Beobachtung‹.«

Das klang so geheimnisvoll, dass Sven es kaum erwarten konnte, in seinem Bungalow nachzusehen, was es mit der »Intelligenten Beobachtung« auf sich hatte.

Als er sich seiner Haustür näherte, wurde er wieder mit dem fruchtländischen Nummer-1-Hit empfangen, »Wir eilen voran, wir packen es an …« Es war ein nettes, harmloses Lied, aber allmählich hatte Sven genug davon. Er würde das Empfangsprogramm abändern, doch zunächst einmal wollte er sich die schlaue Hausapotheke in seinem Bad anschauen.

Das Medikamentenschränkchen hinter der Badtür sah weder klug noch geheimnisvoll aus. Ein weiß lackierter Kunststoffkasten mit einem roten Kreuz vorne drauf. Sven machte das Schränkchen auf.

»Guten Tag, Herr Laufer«, sagte es, »ich bin Ihr intelligenter Medikamentenschrank. Wenn Sie wünschen, dass ich Sie ›Sven‹ nenne, sagen Sie bitte ›Sven‹.«

»Sven«, sagte Sven.

»Hallo, Sven, ich bin deine Intelligente Pillenbox. Zur Zeit enthalte ich Aspirin, Multivitamine und Baldrian. Wenn der Arzt dir andere Medikamente verschreibt, werden sie automatisch in mir deponiert. Solltest du einmal vergessen, deine Pillen einzunehmen, werde ich dich daran erinnern.« Sven nickte, und im Wandspiegel neben der schlauen Box konnte er sehen, wie beeindruckt er war. »Außerdem«, fuhr der Schrank fort, »enthalte ich eine Vitalweste, das ist die kleine, in Plastik verschweißte Packung in meiner Tür. Wenn du einen Teletermin mit deinem Doktor vereinbart hast, zieh bitte vorher dein Hemd aus und die Weste an. Sie lässt deinen Arzt erkennen, ob dein Blutdruck und dein Herz in Ordnung sind und deine Lunge ordentlich arbeitet.«

»Danke, Schrank«, sagte Sven und nahm die Plastikpackung heraus. Er klappte die Apothekenbox wieder zu und kehrte in sein Wohnzimmer zurück. Dort setzte er sich an den Hotelcomputer, änderte zuerst das Empfangsprogramm ab, so dass er künftig mit der »Frühlingssonate« von Beethoven begrüßt würde. Dann hörte er sich mit wachsender Besorgnis eine Audio-Mail von Su an (»Lena macht seit Tagen nebulöse Andeutungen: Sie habe da ein Riesending am Laufen und wir würden uns noch umgucken. Ich weiß nicht, was mit dem Mädchen los ist, Sven – sie wirkt auf der einen Seite immer noch sauer, weil wir sie angeblich nach Stromland verpflanzen wollen, auf der anderen Seite aber so entschlossen, wie ich sie selten erlebt habe. Nur – entschlossen wozu?«). Sven schüttelte den Kopf, versuchte das Unbehagen zu ignorieren, das sich in seinem Magen zu einem Klumpen zusammenballte, und klickte im Wahlmenü auf »Intelligente Beobachtung«.

»Hallo, Sven«, sagte sein Computer, »dieses System

kann nur freigeschaltet werden, wenn du selbst und dein Arzt ausdrücklich zustimmen. Es aktiviert eine Reihe von Kameras und Sensoren in deiner Wohnung. Wenn du an unklaren oder selten auftretenden Symptomen leidest, kann das Intelligente Beobachtungssystem deinem Arzt helfen herauszufinden, was dir wirklich fehlt.«

Erstaunt sah sich Sven in seinem Wohnzimmer um. Er konnte nirgendwo Kameras entdecken, weder an der Decke noch in den Wänden. Aber er war jetzt sehr zuversichtlich, dass Dr. Sonnleit herausfinden würde, warum er manchmal von Magenschmerzen heimgesucht wurde oder weshalb er letzte Nacht mit diesem seltsamen Herzrasen aus dem Schlaf gefahren war.

»Sonja«, sagte er zu seinem eMO, und sein Herzschlag beschleunigte sich. Die Audioverbindung wurde hergestellt, und Augenblicke später war Sonja Brückners Stimme zu hören.

Sven erzählte ihr in groben Umrissen, was sein Gespräch mit Jill Sommerlad ergeben hatte. »Morgen treffe ich mich mit Harry Kreisen«, sagte er dann, »und übermorgen würde ich gern noch mal mit Herrn Jager sprechen, bevor die ganze Runde wieder zusammenkommt – meinen Sie, das geht?«

»Jager ist morgen und übermorgen in Filzhütingen«, gab Sonja zurück. »Da müssten Sie so lange mit mir vorlieb nehmen, Sven.« Sie legte eine kleine strategische Pause ein, gerade lange genug, dass Sven sich einen Ruck geben konnte.

Vor seinem inneren Auge glitten in Leuchtschrift die Worte vorbei, die er schon seit Tagen zu ihr sagen wollte. *Darf ich Sie morgen zum Abendessen einladen, Sonja – sagen wir, wieder hier im »Pflüger«?* Aber Sven gab sich keinen Ruck, und nachdem die Leuchtschrift wieder verblasst war, sagte er lediglich: »Na ja, auf einen Tag kommt es auch nicht an. Aber für Freitag können Sie mir ein Treffen mit Jager arrangieren?«

Sonja antwortete: »Sehr gerne, Sven«, und schickte ein leises, samtenes Lachen hinterher.

Mann, Sven, warum hast du dich nicht mit ihr verabredet? Ein Abendessen unter Kollegen, da ist doch nichts dabei! Noch lange, nachdem sie das Gespräch beendet hatten, saß Sven vor seinem eMO und lauschte der tadelnden Stimme in seinem Innern und seinem unruhigen Herzschlag. »Baldrian!«, rief er irgendwann in Richtung der offenen Badtür.

»Wenn du fünf Stunden lang tief schlafen willst, nimm eine Tablette BalDream«, sagte der Schrank. »Wenn du deine Nerven beruhigen willst, ohne deinen Verstand zu betäuben, nimm eine Pille BalCalm. Wenn die Symptome nicht nach spätestens einer Woche abgeklungen sind, sprich mit deinem Arzt.«

Genau das, sagte sich Sven, würde er in weniger als einer halben Stunde tun. Er riss die Plastikverpackung der Vitalweste auf und sah zu, wie sie sich unter leisem Zischen automatisch entrollte. »Bitte mach deinen Oberkörper frei und zieh mich an«, sagte die Weste. »Du kannst ein Hemd über mich drüberziehen, wenn du willst.«

»Das würde ich gar nicht übers Herz bringen.«

Dr. Sonnleit saß in Lebensgröße hinter seinem Schreibtisch, im weißen Kittel und einen Laptop vor sich auf der leeren Glasplatte. Der Arzt war ein untersetzter Mann in den Vierzigern, der im Singsang des Heringseer Nordens sprach. Sven saß ihm gegenüber im Sessel, ganz so, als ob er sich im Sprechzimmer des strubbelhaarigen Doktors befände. Der einzige Unterschied war, dass sie beide sich durch den riesigen Telemonitor miteinander unterhielten.

»Vor einer Woche in Fruchtland habe ich mich noch ganz gesund gefühlt, Doktor«, sagte Sven, »und auch jetzt ist es nicht so, dass ich mir wirklich krank vorkommen würde. Ich glaube, ich bin einfach ein bisschen nervös.«

Dr. Sonnleit wiegte seinen Kopf hin und her. Sven berichtete ihm, dass er manchmal ohne ersichtlichen Grund an Magenschmerzen und Schweißausbrüchen leide und dass er letzte Nacht mit hämmerndem Herzschlag aufgewacht sei. Die Vitalweste gab leise Summtöne von sich, so als ob sie sich auch um Svens Wohlergehen sorgte.

Dr. Sonnleit wiegte seinen Schädel noch heftiger hin und her. »Wenn Sie einverstanden sind, werten wir zusammen mit den Informationen aus der Vitalweste auch die Daten aus Ihrer Toilette aus. Aus Datenschutzgründen dürfen wir die natürlich erst erheben, wenn Sie den Startschuss gegeben haben.«

Sogar die Kloschüssel in diesem Bungalow war schlau? Sven nickte schicksalsergeben, und Dr. Sonnleit drückte auf ein paar Tasten an seinem Laptop. Sven fühlte sich allerbestens versorgt, aber auch ein wenig entmündigt – ungefähr wie ein Kind, das geglaubt hatte, allein den Gefahren des Lebens zu trotzen, während Vater und Mutter sich im Hintergrund heimlich bereithielten, um ihm jederzeit zu Hilfe zu eilen.

Auf dem Laptop von Dr. Sonnleit erschienen nun lange Datenreihen – der Arzt drehte den Apparat ein wenig zu Sven hin, damit der mitverfolgen konnte, was die schlaue Weste alles über sein Innenleben offenbarte. »Ohne Befund«, fasste der Arzt zusammen. »Sie sind in exzellenter körperlicher Verfassung, Herr Laufer – umso mehr sollte es uns beunruhigen, dass Sie diese Symptome entwickelt haben. Da braut sich in Ihrer Psyche offenbar etwas zusammen. Haben Sie denn in Ihrem Beruf gerade besonderen Stress?« Sven verneinte. »Oder vielleicht in Ihrem Privatleben – schon ein scheinbar harmloser Streit, mit dem Ehepartner zum Beispiel, kann eine erhebliche Belastung bedeuten.«

Nein, sagte Sven, kein Stress, kein Streit, gar nichts. Ganz kurz erwog er, dem Doktor von Sonja und Sabine zu erzählen und davon, wie sehr seine Rückkehr nach Stromland ihn aufwühlte, aber das wäre doch einfach töricht, dachte er dann.

»Unter diesen Umständen schlage ich vor«, fuhr der Doktor fort, »dass wir auch noch das Intelligente Beobachtungssystem hinzuziehen, um herauszufinden, ob es sich in Ihrem Fall um vorübergehende Krisensymptome oder um etwas Ernsteres handelt.«

Sven wurde nun doch etwas mulmig zumute. Er habe auf dem Hotelcomputer ein paar Andeutungen über dieses System gefunden, sagte er, aber wie es genau funktioniere, habe er noch nicht verstanden.

»Das ist im Grunde ganz einfach.« Dr. Sonnleit klappte seinen Laptop zu und schob ihn zur Seite. »In Ihrem Apartment befinden sich mehrere Dutzend kleiner Kameras und zahlreiche Sensoren. Wenn wir gemeinsam beschließen, das System freizuschalten, fahren die Blenden vor den Kameras zur Seite, und die Sensoren werden aktiviert. Derzeit ist das alles natürlich ausgeschaltet, und mit einem Knopfdruck können Sie das System auch jederzeit ganz oder teilweise deaktivieren.«

Der Arzt beugte sich nach vorn, beide Arme auf seinen

Schreibtisch gestützt, und sah Sven mit einem milden Lächeln an. »Bei der Intelligenten Beobachtung geht es kurz gesagt darum, dass Ihr alltägliches Verhalten über einen bestimmten Zeitraum überwacht wird. Das System registriert, ob Sie durchschlafen oder nachts öfter mal aufwachen. Ob Sie unter Nervosität und Konzentrationsproblemen leiden oder ruhig und gelassen agieren. Wir setzen es gerne besonders dann ein, wenn wie in Ihrem Fall nicht klar ist, ob überhaupt ein medizinisches Problem vorliegt. Das System kann aus einem Gemenge unklarer Daten erstaunlich genaue Schlussfolgerungen ziehen, schon nach drei oder vier Tagen bietet es uns normalerweise eine Diagnose an. Ich schlage also vor, wir probieren es einfach, Herr Laufer, und in ein paar Tagen sprechen wir uns wieder. Übrigens werden sämtliche Videobilder, die von den Kameras aufgenommen wurden, nach erfolgter Diagnose automatisch wieder gelöscht.«

Nach kurzem Zögern erklärte sich Sven einverstanden. Er war keineswegs überzeugt, dass ein Computer, der ihn mit Kameras und Sensoren überwachte, wirklich herausfinden könnte, warum er manchmal Herzrasen hatte und manchmal von Magenschmerzen geplagt wurde. Aber er war nun mal ein neugieriger Zeitgenosse, und die Chance, dieses Intelligente Beobachtungssystem kennen zu lernen, wollte er sich auf keinen Fall entgehen lassen.

»Zur Begleitung des Prozesses verschreibe ich Ihnen noch ein paar pflanzliche Tropfen, um Ihre Nerven zu stärken«, sagte Dr. Sonnleit zum Abschluss. »Dieses Medikament finden Sie morgen früh in Ihrer Intelligenten Apothekenbox.«

12

»Schauen Sie, Herr Laufer, für uns ist die Sache wirklich ganz einfach: Wir brauchen weder den Staat noch PremX-Log. Unser Produkt ist auch ohne TranXTruck weltweit gefragt.«

»Bei sinkenden Preisen und einer steigenden Anzahl von Mitbewerbern?«, wandte Sven ein. »Wird nicht in Buntland demnächst ein neues System installiert, das Ihrem TruckXColl in einigen Punkten sogar überlegen ist?«

»Sie sind gut informiert, Herr Laufer.« Harry Kreisen wirkte heute noch angespannter als bei ihrem ersten Treffen. Das Muster auf seinem Jackett ähnelte den eng nebeneinander verlaufenden Drähten in einem Umspannwerk. »Ich will ja gar nicht leugnen«, fuhr er fort, »dass wir es auch lieber sehen würden, wenn die gesamte Anlage hier in Stromland noch ein paar Jahre lang in Betrieb bleiben könnte. Wenn wir jetzt abbauen müssen, wird es äußerst schwierig, TruckXColl und TranXTruck zusammen an irgendein Land auf diesem Planeten zu veräußern. Wenn Sie kein funktionierendes Referenzobjekt vorweisen können, haben Sie einfach schlechte Karten – so ging es ja vor dreißig Jahren auch den Unternehmen, die die Magnetschwebebahn entwickelt haben.«

Sven nickte zustimmend und lehnte sich auf seinem

Stuhl zurück, während der von Holger Degen in Marsch gesetzte Catering-Mann den zweiten Gang ihres Business-Lunchs servierte. Natürlich kannte auch Sven die Story vom wechselvollen Schicksal der ersten Magnetbahn-Prototypen: Nachdem der stromländische Staat in den neunziger Jahren plötzlich einen Rückzieher gemacht hatte, suchten die Unternehmen jahrelang auf der ganzen Welt vergeblich nach Vermarktungsmöglichkeiten für eines der genialsten Produkte stromländischer Ingenieurskunst. Erst nachdem in Stromland schließlich doch eine erste Magnetbahn in Betrieb gegangen war – vom Filzhütinger Hauptbahnhof zum Airport vor den Toren der Stadt –, hatte der Magnetbahn-Boom begonnen, der bis heute andauerte und immer mehr Länder auf dem Globus erfasste.

»Aber wenn die Regierung verlangt, dass wir abbauen«, fuhr der Mann von der StromTelX fort, »wird uns letzten Endes nichts anderes übrig bleiben. Wir können ein wenig auf Zeit spielen, andere Optionen sehe ich weit und breit nicht. Oder will man bei PremXLog vielleicht riskieren, dass der Staat uns verklagt und die Anlage auf unsere Kosten verschrottet? Glauben Sie mir, ich kenne Frau Sommerlad schon seit einigen Jahren – die Frau ist ein Bulldozer. Und aus ihrer Sicht hat sie ja nicht mal Unrecht – warum sollte der Staat unsere Anlagen subventionieren? Die Medien würden sofort behaupten, dass wir Geschäfte auf Kosten der Steuerzahler machen wollten – und die Sommerlad weiß natürlich, dass sie genauso wie wir in die Schusslinie geraten würde.«

Sven hatte aufmerksam zugehört, doch als Kreisen ihn jetzt erwartungsvoll ansah, antwortete er lediglich: »Das sind sehr bedenkenswerte Argumente.« Er entfaltete seine Serviette. »Lassen Sie es sich schmecken.«

Die Komposition aus Filet und Gemüse sah ansprechend aus und mundete vorzüglich. Sven überlegte kurz, ob er seinen Gast darauf hinweisen sollte, dass sein Bungalow mit einigen Dutzend Kameras, Mikrofonen und Sensoren überwacht wurde, aber dann beschloss er, stillschweigend darüber hinwegzugehen. Wenn er den sowieso schon ziemlich zappeligen Harry Kreisen jetzt auf die Kamera über seinem Kopf oder das Mikrofon in der Sessellehne aufmerksam machen würde, wäre ihr Meeting höchstwahrscheinlich noch vor dem Dessert beendet – auch wenn Sven das Intelligente Beobachtungssystem vor ihrem Treffen vorübergehend ausgeschaltet hatte.

»Und wenn Sie Frau Sommerlad vorschlagen würden«, fragte er nun, »den staatlichen Anteil an den Mauteinnahmen zu erhöhen?«

»Vergessen Sie's.« Harry Kreisen schüttelte den schütter behaarten Kopf. »Wir haben in dieser Richtung schon mal vor zwei Jahren sondiert. Damit die Sache für die Regierung halbwegs interessant wird, müssten wir Beträge aufwenden, die wir unseren Aktionären niemals schmackhaft machen könnten.« Er legte sein Besteck auf den Teller und zog einen silberfarbenen Digitalstift hervor.

»Schauen Sie selbst, Herr Laufer – wenn wir die Aufteilung der Einnahmen um zwanzig Prozent zugunsten des Staates verschieben, wie die Regierung das als Minimum verlangen würde …« Er zog ein Blatt Papier aus der Jackentasche, das mit einem winzigen Gittermuster bedeckt war, und begann, in rasendem Tempo Zahlenkolonnen auf das Blatt zu krakeln. »Das macht für uns … einen kleinen Augenblick …« Er drückte auf einen Knopf an seinem DigiPen, und drei Sekunden darauf meldete sich sein Handy. Kreisen zog es aus der Tasche, ein aufklappbares Smart-

Phone mit breitem Display, warf einen Blick darauf und hielt es Sven hin. »Da sehen Sie's, Herr Laufer – das wären für uns Mehraufwendungen von, über den Daumen, eins Komma fünf Milliarden Talern pro Jahr. Und das allein, um TranXTruck am Leben zu halten – in der vagen Hoffnung, dass irgendwann mal auch TruckXColl davon profitiert? Sie müssen zugeben, dass das für uns keine attraktiven Aussichten sind.«

Sven lächelte ihm zu. »Das sehe ich genauso, Herr Kreisen. Aber nehmen wir einfach mal an, dass diese Kosten für Sie gar nicht anfallen würden. Wenn ich richtig informiert bin, hat die StromTelX vor ein paar Monaten in Berganien ein äußerst leistungsfähiges Forschungslabor erworben. Mussten Sie nicht vor kurzem einräumen, dass Sie momentan Schwierigkeiten haben, all die hervorragenden und hoch bezahlten Wissenschaftler in Ihrem Labor mit aussichtsreichen Projekten zu betrauen?«

Kreisen sah ihn verwundert an. »Nicht schlecht, Herr Laufer«, sagte der StromTelX-Geschäftsführer. »Diese Information ist bisher nirgendwo veröffentlicht worden. Ich kann sie übrigens auch nicht bestätigen. Aber wenn Sie schon beim Spekulieren sind – fahren Sie ruhig fort. Was schlagen Sie vor?«

Sven schob seinen geleerten Teller zur Seite und zog ein Schälchen mit unwiderstehlich duftender Mousse zu sich heran. »Momentan möchte ich lediglich vorschlagen, dass wir das Dessert nicht verkommen lassen. Bitte haben Sie noch ein wenig Geduld, Herr Kreisen – ich bin noch dabei, ein paar Puzzlestücke zusammenzufügen. Aber finden Sie nicht auch, dass wir alle vor einer geradezu traumhaften Herausforderung stehen? Eine ganze Schatztruhe voll stromländischer Spitzentechnologie liegt vor uns ausgebreitet – und wir müssen nur den richtigen Dreh finden und den nötigen Einigungswillen aufbringen, um all diese Highend-Produkte so zu vernetzen, dass sie sich wechselseitig stützen und fördern. In jedem anderen Land würde man sich wünschen, mit solchen Problemen konfrontiert zu werden! Und wenn ich mir vorstelle, wie es um Stromland noch vor zwanzig Jahren bestellt war …« Sven schüttelte den Kopf. »Nach unserem heutigen Gespräch, Herr Kreisen, bin ich jedenfalls noch zuversichtlicher, dass ich Ihnen bei unserem nächsten Meeting einen Vorschlag machen kann, der alle Beteiligten zufrieden stellen wird.«

Ruhelos wanderte Sven in seinem Bungalow auf und ab. Viel lieber wäre er draußen in den Straßen von Seestadt herumgelaufen oder mit der Magnetbahn zu dem großen Park hinter dem Regierungsviertel gefahren, wo er als Junge oft stundenlang mit Gleichaltrigen Fußball gespielt hatte. Aber wenn er dem Intelligenten Beobachtungssystem eine Chance geben wollte, dann durfte er natürlich nicht in jeder freien Minute vor den Kameras und Sensoren fliehen.

An den Wänden seines Wohnbüros und im Schlafzimmer waren verschiedene digitale Bilderrahmen angebracht, und in den letzten Tagen hatte Sven die meisten davon mit Bildern seiner Wahl versehen. Im eFrame neben seinem Bett hing ein Digitalbild von Su, die ihm liebevoll zulächelte, wenn er morgens die Augen aufmachte. Vorn im Zimmer hatte er Aufnahmen von stromländischen Sehenswürdigkeiten, mit denen er besondere Erinnerungen verband, in einige der größeren eFrames geladen – Bilder vom Seestädter Schloss, vom alten Marktplatz in Filzhütingen oder von einem verschnörkelten Palast am Heringseer

Strand, wo seine Familie früher oft den Sommerurlaub verbracht hatte. Weitere Bilder seiner persönlichen Galerie zeigten eine Magnetbahn, die durch eine verschneite Hügellandschaft raste, das eCoupé aus allen erdenklichen Perspektiven und natürlich immer wieder seine Familie – Su, Lena und Liam in ihrem Strandhaus oder in der Stadtwohnung, auf der Dachterrasse oder am Frühstückstisch.

In der Fremde, allein in einem Hotelzimmer, wird man eben manchmal ein wenig sentimental. Und für Sven war alles noch dreimal so schwierig, weil sein Hotelzimmer wie die sehr geschickte und noble Imitation eines wirklichen Zuhauses aussah und weil die Fremde, in der er sich für ein paar Monate aufhalten sollte, seine alte Heimat war, also fremd und anheimelnd zur gleichen Zeit. Und weil ihm aus einem weiteren Bilderrahmen, halb versteckt zwischen Vorhang und PC-Bildschirm, mit einem fröhlichen Lächeln Sonja Brückner entgegensah.

Harry Kreisen war kaum aus der Tür gewesen, da hatte Sven den törichten Plan schon in die Tat umgesetzt, der ihm seit dem Morgen durch den Kopf schwirrte. Er hatte sich einfach ins Intranet von PremXLog eingeloggt und die Datei mit Sonjas Porträt runtergeladen. Kaum hatte er sie in den eFrame kopiert, da bekam er wieder mal einen Schweißausbruch – weil ihm nämlich auf einmal klar wurde, dass sie bei PremXLog natürlich nachvollziehen konnten, was er von ihrem Server runtergeladen hatte. Spätestens morgen würde so ein feixendes Bürschlein Sonja Brückner die Neuigkeit stecken – dieser eigenartige Herr Laufer, Feuerwehr- oder SOS- oder sogar Innovationsmanager aus Fruchtland, hatte sich Sonjas Smiley-Face ins digitale Poesiealbum geklebt.

Aber er konnte es Sonja doch erklären, dachte Sven.

Eigentlich konnte sie sich sogar selbst denken, was es mit diesem seltsamen Download auf sich hatte: Er schaute ihr Bild an und dachte doch immer nur an Sabine. Und dann wandte er sich abrupt von ihrem Foto ab und marschierte zu den Bildern rüber, die Su und seine beiden Kinder zeigten, und von da wanderte er weiter zu den Aufnahmen von stromländischen Orten, mit denen ihn gefühlvolle Erinnerungen verbanden. Und wenn er eine Weile so zwischen den Bildern hin und her getrottet war, fühlte er sich noch viel unruhiger, noch viel mehr durcheinander als sowieso schon.

»Su, was soll ich nur machen?«, sagte er schließlich und ließ sich auf den Rand seines Bettes fallen. »Was sollen wir machen, sag schon, du weißt doch sonst auch immer einen Rat, Su!«, rief er, und weil ihr Bild in einem interaktiven Rahmen steckte, meldete sich gleich die Telefonanlage: »Verbindung zu Su Laufer in vier Sekunden, drei, zwei ...«

»Telefon stopp!«, rief Sven, denn in Fruchtland war es fünf Uhr früh, und er konnte jetzt nicht einfach Su wecken, nur um konfus herumzustammeln, dass Stromland ihn ganz durcheinander bringe. Oder gar, um Su zu beichten, dass er hier eine Frau kennen gelernt hatte, die seiner letzten stromländischen Liebe so verteufelt ähnlich sah, und dass er drauf und dran gewesen war, sich mit dieser Sonja für morgen Abend zu verabreden.

Verdammt, Sven, reiß dich zusammen.

Er setzte sich an seinen PC und schrieb: LIEBE SU, ICH WEISS NICHT, WIE ICH SO LANGE SO WEIT WEG VON STROMLAND LEBEN KONNTE. ABER WIE KRIEGE ICH DAS ALLES ZUSAMMEN – FRUCHTLAND UND DICH UND LENA UND LIAM UND STROMLAND UND ...

Er hörte auf zu schreiben, hockte mindestens fünf Minuten lang reglos vor dem Bildschirm und las immer wieder sein Gefasel durch.

Dann drückte er auf »Löschen«. Glücklicherweise war es Zeit, zu seinem Treffen mit Herrn Humin aufzubrechen. »Ich schlage vor, dass wir uns die Sonaten anhören«, hatte der alte Herr am Telefon zu Sven gesagt. »Erstklassige junge Musiker – sie spielen Mozart, Bach und als Höhepunkt die Frühlingssonate von Beethoven.«

Noch Stunden nach dem Konzert fühlte sich Sven beschwingt durch die wundervolle Musik, die er zusammen mit Herrn Humin gehört hatte. Die beiden Solisten am Klavier und an der Violine waren noch ganz junge Leute, vielleicht fünf, sechs Jahre älter als Lena, und kamen aus Stromland und Zenonia.

»Alle hier in Stromland ausgebildet«, schwärmte Herr Humin, als sie in der Pause ein Glas Prosecco tranken, »nach einem ganz neuartigen Konzept – und Sie hören ja, mein Lieber, welche Früchte es trägt!« Der alte Herr schwebte wie auf Klangwolken. »Der ganze Kulturdom wird durch eine Stiftung betrieben«, erklärte er Sven, »die auch dieses Gebäude auf eigene Kosten errichtet hat.« Er deutete zur gläsernen Dachkuppel hinauf, die sich vier Stockwerke über ihnen wölbte. »Ich habe mich lange mit Frau Danusa unterhalten, der Dirigentin des Sinfonieorchesters. Die Bürger von Seestadt lieben ihren Kulturdom, wie sie mir versichert hat. Seit sich der stromländische Staat vor zwanzig Jahren aus der Kulturförderung völlig zurückgezogen hat, gibt es natürlich auch viel mehr ehrenamtliches Engagement. Und Unternehmen, die ihren Sitz in der Stadt haben, wetteifern darum, als Kultur-Sponsoren aufzutreten. Sie übernehmen die Förderung einzelner Nachwuchstalente, finanzieren ihnen die besten Musikinstrumente und Lehrer, und wenn die jungen Musiker dann internationale Auszeichnungen erringen, ist das natürlich auch gut für das Image des Sponsors. Beneidenswert, lieber Herr Laufer – in Fruchtland wäre all das ja ganz unvorstellbar!«

»Ein großartiges Konzert und ein beeindruckendes Gebäude«, stimmte Sven zu. Den Architekten war es gelungen, eine festliche Atmosphäre im Innern des Kulturdoms zu erzeugen, aber ohne Anleihen bei dem steifen Pomp der historischen Theaterbauten, die allesamt im Zeitalter der Fürsten und Könige errichtet worden waren. Hier im Kulturdom wirkte alles leicht, offen und transparent – breite Treppen und gläserne Aufzüge verbanden die Etagen miteinander, und anstelle von Stuck und Ölmalerei gab es in den Konzert- und Theatersälen riesige Digitalbilderrahmen, die sich je nach Veranstaltung mit passenden Dekorationen bestücken ließen. Beinahe am besten gefiel Sven, dass niemand mehr auf die Idee zu kommen schien, sich für einen Theaterabend im Stil längst vergangener Zeiten zu kleiden. Manche Leute trugen feierliche Abendkleidung, andere waren in Jeans oder im Büroanzug gekommen. Auch die klassische Kultur hatte in Stromland Anschluss an die Gegenwart gefunden.

»Beneidenswerte Stromländer«, schwärmte Herr Humin immer noch, als er und Sven in der Bar seines »Theatron«-Hotels bei einer Karaffe vorzüglichem Roten aus Weinmark beisammensaßen. Und dann erzählte er Sven, was er in den letzten Tagen in Stromland so alles erlebt hatte. »Diese schreckliche Kälte«, seufzte Herr Humin. Aber ansonsten schien er vom modernen Stromland mindestens so begeistert wie Sven. »Waren Sie schon in diesem Gesundheitszentrum in der Lindenallee? In der Eingangshalle gibt es dort ein ›elektronisches Orakel‹ – man schaut hinein und sieht seine eigene Zukunft!«

»Im Ernst?«, staunte Sven, der in Stromland mittlerweile fast alles für möglich hielt.

»Nun ja, genauer gesagt – der Spiegel zeigt Ihnen, wie Sie selbst in zwanzig oder dreißig Jahren aussehen werden, wenn Sie so weitermachen wie bisher oder auch wenn Sie Ihre Lebensweise verändern. Wenn Sie also beispielsweise anfangen zu rauchen, zwei Flaschen Wein am Abend zu trinken und sich nur noch mit größtländischem Fastfood ernähren.«

»Sehr beeindruckend«, sagte Sven. »Das ›Orakel‹ soll die Leute wohl dazu bringen, rechtzeitig zu einer gesünderen Lebensweise zu wechseln – bevor sie so aussehen, wie der Spiegel es ihnen für die Zukunft androht?«

Herr Humin nickte mit einem Lächeln und gab eine Antwort, die zweifellos so weise und gleichzeitig humorvoll war wie die meisten Aussprüche des klugen alten Mannes. Aber Sven hörte ihm vorübergehend mit weniger als einem halben Ohr zu. Ihm war nämlich eine Idee gekommen, wofür er das elektronische Orakel zweckentfremden könnte, ein Plan, der allerdings voraussetzte, dass er sich bald einmal mit Sonja Brückner zu einem kleinen Stadtbummel traf.

Mit einiger Mühe lenkte er seine Aufmerksamkeit zu Herrn Humin zurück, der bereits zu seinem nächsten stromländischen Erlebnis fortgeschritten war. »Vorgestern habe ich Karola Sundersen besucht«, erzählte der weißhaarige Herr, »eine alte Freundin und Kollegin, mit der ich vor einem halben Jahrhundert in Größtland ein paar Semester studiert habe. Seit einiger Zeit leitet sie die KompAK, die Akademie für Kompakt- und Intensivbildung in Glasturmstadt. Das ist eine sehr fortschrittliche und erfolgreiche Einrichtung, eine Schule ganz neuen Stils«, versicherte Herr Humin, der auf einmal ins Stocken zu geraten schien.

Er stärkte sich mit seinem Rotwein. »Vorgestern Abend habe ich mit Karola genauso wie wir jetzt beisammengesessen«, fuhr er fort und wich Svens Blick aus, »allerdings nicht bei einer Karaffe Wein, sondern bei winzigen Gläsern berganischem Schnaps. Und da habe ich – fürchte ich – eine Dummheit begangen. Werden Sie mir auch nicht böse sein, Herr Laufer?«

»Warum denn das? Erstens glaube ich gar nicht, dass Sie wirkliche Dummheiten machen könnten, Herr Humin. Und zweitens – nach dem, was Sie alles für unsere Lena getan haben …«

Herr Humin bat ihn mit einer energischen Handbewegung zu schweigen. »Also kurz und gut«, sagte er, »Karola hat mir erzählt, dass ihre Akademie mit gewissen Schwierigkeiten zu kämpfen hat – einer unerklärlich hohen Quote an Studienabbrechern, nachdem ihre Schule jahrelang zu den beliebtesten in ganz Stromland gehört hat. Und da habe ich mich – nun ja – damit gebrüstet, einen Spezialisten für genau solche Not- und Zweifelsfälle zu kennen, einen Mann, der zufällig gerade im Lande sei – und zwar Sie, Herr Laufer …« Unsicher sah er Sven über sein Weinglas hinweg an.

»Das haben Sie gesagt?« Sven dachte im Traum nicht daran, Herrn Humin böse zu sein. Im Gegenteil fühlte er sich wieder mal kräftig geschmeichelt, und nicht nur das – in seinem Kopf blitzten gleich mehrere Ideen auf. Vielleicht könnte er durch einen zweiten Job seinen Aufenthalt in Stromland verlängern – natürlich mit einem kurzen Abstecher nach Fruchtland zwischendurch. Und vielleicht würde er durch diese Frau Sundersen erfahren, welche die besten Schulen in ganz Stromland waren, ideal für Liam und Lena, so großartig und fortschrittlich, dass nicht einmal seine Tochter … Aber da fiel ihm plötzlich dieser Tim wieder ein. Es versetzte ihm einen regelrechten Schlag, und auch sein Herz fing wieder an, unruhig in seiner Brust zu hämmern. Solange Lena in ihren Tim verknallt war, würde sie niemals zustimmen …

»Sie sehen auf einmal so bekümmert aus«, sagte Herr Humin. »Da habe ich wohl wirklich eine Dummheit gemacht?«

»Nein, nein – ganz im Gegenteil!«, versicherte Sven. »Ich wäre Ihnen sogar außerordentlich dankbar, wenn Sie Ihrer Kollegin bestellen könnten, dass ich mich sehr gern einmal mit ihr unterhalten würde.«

Herr Humin wirkte erstaunt, aber mehr noch erleichtert. Sie hoben ihre Gläser und prosteten sich zum Abschluss eines gelungenen Abends zu.

13

»Meine Dame, meine Herren, in der zurückliegenden Woche habe ich mit Ihnen allen Hintergrundgespräche geführt, um verschiedene Kompromissmöglichkeiten auszuloten. Wenn ich Ihnen heute ein Lösungsmodell vorschlage, bedenken Sie bitte, dass es sich sozusagen um einen Prototyp handelt – um ihn zur Serienreife zu bringen, werden wir alle noch intensiv an vielen Details arbeiten müssen.«

Um Punkt zwei Uhr nachmittags hatten sich die bekannten Akteure zum zweiten Mal im Konferenzraum im linken der PremXLog-Zwillingstürme versammelt. Sven fühlte sich ziemlich kribblig, wie immer, wenn es bei einem Job in die entscheidende Runde ging, aber im Großen und Ganzen war er zuversichtlich, dass sein Vorschlag für alle Beteiligten akzeptabel sein würde. Wenn im Grundsatz jeder zustimmen würde, auf dieser Basis weiterzuverhandeln, würde die eigentliche Arbeit erst losgehen, ein wochenlanges Gerangel um Prozente, Fristen, Ausnahmeklauseln, und erst im allerletzten Moment, wenn alle ihre Unterschrift unter die Vereinbarung gesetzt hätten, wäre die Gefahr gebannt, dass einer der Partner ausstieg und sie von vorne anfangen müssten.

»Lassen Sie mich gleich zur Sache kommen«, fuhr Sven

fort, verstummte dann aber wieder, weil Harry Kreisen einen Anruf auf seinem Handy bekam. Svens Blick schweifte über die Anwesenden. Der StromTelX-Geschäftsführer lauschte mit angespannter Miene in sein Handy. Sven gegenüber saß wieder Jill Sommerlad, diesmal in zitronengelbem Outfit. Aber während er der Staatssekretärin zunickte oder Jon Jager beruhigende Zeichen machte, war er in Gedanken wieder mal bei Sonja beziehungsweise bei Sabine. Vor Beginn der Sitzung hatte er Sonja kurz entschlossen gefragt, ob sie ihn demnächst mal auf einem kleinen Spaziergang begleiten würde. Mit überraschtem Lächeln hatte sie zugestimmt, und nach einigem Hin und Her hatten sie beschlossen, sich morgen Nachmittag vor Svens Hotel zu treffen.

Kreisen beendete sein Telefonat, und Sven setzte aufs Neue an. »Lassen Sie mich also gleich zur Sache kommen. Wie nicht anders zu erwarten, wird der Kompromissvorschlag allen drei Partnern Verantwortungen und Risiken aufladen, aber ich habe sehr darauf geachtet, dass keine Seite einseitig belastet wird.«

Er startete das Präsentationsprogramm auf seinem Laptop. Einige Fensterscheiben tönten sich wieder dunkel, und die erste der Grafiken, die Sven vorbereitet hatte, erschien auf den Monitoren. »Die stromländische Regierung möchte das System so schnell wie möglich abbauen«, begann er, »da die staatlichen Verwaltungskosten die Mauteinnahmen und anderen volkswirtschaftlichen Nutzen mittlerweile übertreffen. PremXLog möchte die gesamte Anlage so lange wie möglich in Betrieb halten, um die Exportchancen von TranXTruck nicht zu schmälern. Und die StromTelX ist für beide Optionen offen, solange ihr hierdurch keine zusätzlichen Kosten entstehen. Stimmen Sie mir insoweit alle zu?«

Er schaute in die Runde und wartete, bis alle genickt oder ihr Einverständnis gemurmelt hatten. Währenddessen dachte er daran, dass er heute Abend wieder einen Tele-Termin mit Dr. Sonnleit hatte. Hoffentlich würde der Arzt ihm dann auch sagen, was das Intelligente Beobachtungssystem herausgefunden hatte – warum er seit seiner Ankunft in Stromland an holprigem Herzschlag, Magenkribbeln und Schweißausbrüchen litt.

»Auf den ersten Blick würde PremXLog am stärksten profitieren«, fuhr Sven fort, »wenn das gesamte System, also TruckXColl und TranXTruck, noch für mindestens zwei bis fünf Jahre in Betrieb bleiben würde. Aber wie sich bei meinen Einzelgesprächen gezeigt hat, wäre eine solche Regelung auch für die beiden anderen Partner von Interesse. Für die StromTelX, weil sie für TruckXColl im Paket mit TranXTruck einen deutlich höheren Preis erzielen könnte als für ihr Produkt allein. Und für die stromländische Regierung, weil ein solcher Exporterfolg im Milliarden-Taler-Bereich sich auf die Steuereinnahmen, gesellschaftliche Lernprozesse und Arbeitsplätze entsprechend positiv auswirken würde. Und das ist nur die eine Seite der Angelegenheit.«

Er legte eine kleine Kunstpause ein. »Wie eine ganze Reihe seriöser Prognosen voraussagen, steht Stromland in den nächsten Jahren ein gewaltiger Automobil-Boom bevor. Es wird einen Run auf die neue, saubere und sichere eMobil-Technik geben – für den Staat eine optimale Gelegenheit, sein Straßennetz an private Betreiber zu veräußern. Wenn er dann gleich ein leistungsfähiges Mautsystem mit anbieten kann, wird das die Verhandlungsposition der Regierung erheblich verbessern. Folglich ist es auch mit Blick auf das Inland sehr viel kostengünstiger, das bestehende

System heute den neuen Erfordernissen anzupassen – anstatt in wenigen Jahren mit leeren Händen dazustehen.«

Sven bemerkte, dass Harry Kreisen offenbar drauf und dran war, einen zornigen Einwand in die Runde zu schleudern. Aber er wollte sich nicht unterbrechen lassen, bevor er den Lösungsvorschlag in seinen Grundzügen vorgestellt hatte. »Und damit«, fuhr er fort, wobei er mit entschuldigendem Lächeln zu Kreisen hinübersah, »hat natürlich auch die StromTelX einen weiteren sehr guten Grund, die bestehende Anlage in den nächsten Jahren in Betrieb zu halten – auch wenn die Einnahmesituation aktuell und in der nächsten Zukunft nicht sehr befriedigend ist. Was nun aber PremXLog angeht – für TranXTruck muss erst noch eine neue Nutzungsmöglichkeit gefunden werden. Aber der Staat und PremXLog haben auf einem anderen Gebiet starke gemeinsame Interessen. Die Regierung will das Autobahnnetz lieber heute als morgen privatisieren, und PremXLog möchte vom erwarteten Boom im Individualverkehr profitieren. Also ist es die plausibelste Lösung, wenn PremXLog das gesamte Autobahnnetz übernimmt. Der Staat wird mit einem noch auszuhandelnden Anteil an den Einnahmen beteiligt.«

Flussdiagramme veranschaulichten in verschiedenen Szenarien, mit welchen Investitionen, Kosten und Erlösen die drei Partner nach Svens Berechnungen bis 2030 im Inlands- und Auslandsgeschäft rechnen konnten. »Um diesen verschiedenen Chancen und Risiken Rechnung zu tragen, schlage ich außerdem Folgendes vor.« Mit einem Klick projizierte Sven eine weitere Grafik auf die Bildschirme. »PremXLog übernimmt von der StromTelX für zunächst drei Jahre den Betrieb von TruckXColl. Da ja immer noch zahlreiche Laster aus Berganien oder Weinmark über die hiesigen Autobahnen fahren, fallen auf absehbare Zeit noch Mautgebühren an, so dass auch der stromländische Staat weiterhin Einnahmen aus der Lkw-Straßennutzung erzielt. Gleichzeitig entwickeln die Wissenschaftler in dem Forschungslabor, das die StromTelX seit kurzem in Berganien betreibt, Vorschläge, wie TranXTruck für den erwarteten eMobil-Boom in Stromland und anderswo umgerüstet werden kann. Auch der stromländische Staat entsendet eine Anzahl von Fachleuten in das Labor, um gemeinsam mit den dortigen Wissenschaftlern an einem zukunftsgerechten Nutzungskonzept zu arbeiten. Auf diese Weise übernehmen alle Partner in gleichem Maß Verantwortung, Risiken und Kosten, um in der Zukunft von den erwarteten Erfolgen im Inland und Ausland ebenfalls gleichberechtigt zu profitieren.«

Sven trank einen Schluck aus dem Wasserglas, das seit Beginn des Meetings unberührt vor ihm stand. »Eine Zusammenfassung dieses Konzeptes mit allen hier vorgestellten Daten und Prognosen finden Sie in Ihrer Mailbox«, schloss er. »Behalten Sie bitte immer im Gedächtnis, dass wir hier von stromländischen Spitzenprodukten sprechen, die auf der ganzen Welt konkurrenzlos sind. Wir müssen also das Puzzle nur richtig zusammensetzen, damit alle Beteiligten gewinnen.«

»Deine Tropfen, Sven. Du hast heute deine Tropfen noch nicht genommen.«

»Ja, Schrank, vielen Dank. Was würde ich ohne dich nur machen?« Er öffnete die schlaue Apotheke, nahm die kleine Arzneiflasche heraus und träufelte sich die nervenstärkenden Tropfen direkt auf die Zunge.

»Neunzehn, zwanzig, stopp«, sagte der Schrank.

Sven schluckte die Tropfen hinunter, schüttelte sich ein wenig, schraubte das Fläschchen wieder zu und stellte es zurück.

»Danke, Sven. Und denk dran – morgen musst du wieder deine Tropfen nehmen.«

»Das steht noch nicht fest, Schrank. Und jetzt gib Ruhe.« Er kehrte in sein Wohnzimmer zurück, vorbei an seiner persönlichen Bildergalerie – Su und die Kinder, daneben Motive aus Seestadt und anderen Orten in Stromland. Und halb versteckt zwischen Vorhang und PC immer noch das Bild von Sonja/Sabine. Niemand bei PremXLog hatte ihn gefragt, warum er ein File mit dem Porträt von Frau Brückner runtergeladen hatte, und auch Sonja hatte ihm keine seltsamen Blicke zugeworfen, jedenfalls hatte er nichts dergleichen bemerkt.

Ist ja auch egal, dachte Sven. Bei ihrem Spaziergang würde er ihr alles erklären – ihr und, hoffentlich, auch sich selbst.

Er setzte sich vor den riesigen Telefonbildschirm. »Dr. Sonnleit!«

Die Verbindung wurde aufgebaut, im nächsten Augenblick erschien eine junge Frau in weißer Schwesterntracht auf dem Monitor. »Der Doktor wartet schon auf Sie – bitte treten Sie ein.«

Das Bild wurde kurz unscharf, dann saß vor ihm wieder der stämmige Mann mit dem verwuschelten Haar. »Guten Tag, Herr Laufer. Aus Höflichkeit sollte ich Sie fragen, wie es Ihnen geht. Dabei liegt die Antwort hier vor mir.« Er klopfte auf einen kleinen Papierstapel neben seinem Laptop. »Das Intelligente Beobachtungssystem hat seinen Bericht abgeliefert, und ich muss sagen – die Diagnose ist zumindest überraschend. Wenn auch nicht gerade ungewöhnlich.« Er kratzte sich den Schädel. »Und eigentlich nicht unbedingt ein Fall für die Medizin – oder höchstens dann, wenn Sie sich noch sehr lange gegen Ihre eigenen tiefsten Wünsche und Bedürfnisse sträuben.«

Sven wurde abwechselnd heiß und kalt. Sein Magen zog sich zusammen, sein Herz begann unruhig zu pochen. »Sie meinen, Herr Doktor Sonnleit …«

»Ich meine, dass Sie vierzig Prozent der Zeit, die Sie wach und ohne zu arbeiten in Ihrem Bungalow verbracht haben, damit beschäftigt waren, abwechselnd zwei Gruppen von Fotografien zu betrachten – Bilder von Stromland und Bilder von Ihrer Familie in Fruchtland. Was das hinter dem Vorhang versteckte Bild darstellt, konnte das Intelligente Beobachtungssystem nicht herausfinden. Aber in den Nächten sind Sie dreimal häufiger als bei einem gesunden Mann Ihres Alters üblich aufgewacht, und im Schlaf haben Sie immer wieder einen Namen gemurmelt. Die Diagnose, die das Intelligente Beobachtungssystem aufgrund dieser Daten vorschlägt, Herr Laufer, ist eindeutig und alternativlos.«

»Einen Namen?«, wiederholte Sven und wischte sich den Schweiß von der Stirn. »Welchen Namen denn? Und was für eine Diagnose?«

»Heimweh.« Der Arzt verzog sein Gesicht zu einem mitfühlenden Lächeln. »Sie haben Heimweh, mein Lieber, und zwar gleichzeitig nach Stromland und nach Ihrer Familie in Fruchtland. Erst dachte ich ja, dass das System zum ersten Mal völlig danebenliegen würde, denn es kam mir wenig wahrscheinlich vor, dass jemand Heimweh nach einem Ort hat, an dem er sich gerade befindet, und sich derart heftig nach seiner Familie sehnt, von der er nur für verhältnismäßig kurze Zeit getrennt ist. Aber wenn man sich Ihren Fall in Ruhe ansieht, kann man nur zu einem Schluss kommen: Das System hat ins Schwarze getroffen. Ich kann Ihnen also nur dringend raten, lieber Herr Laufer – tun Sie, was getan werden muss, bevor Sie sich innerlich in zwei Stücke zerreißen.«

Schweigend sah Sven den Doktor an.

»Nach dem Namen hatten Sie noch gefragt«, sagte der Arzt schließlich. »Im Schlaf haben Sie immer wieder den Namen Ihrer Frau gemurmelt. ›Su, Su.‹ Ja, was schauen Sie denn auf einmal so, als ob Ihnen ein Stein von der Seele gefallen wäre? Was haben Sie denn geglaubt, was Sie da im Traum geflüstert hätten, Herr Laufer?«

Unwillkürlich spähte Sven nach der Nische zwischen PC und Vorhang, aber was dort hing, konnte der Arzt unmöglich sehen. »Ich danke Ihnen sehr, Doktor«, sagte er, »Sie und das Intelligente Beobachtungssystem haben mir sehr geholfen.«

Da vorn muss es sein, dachte Sven. Das Gesundheitszentrum Lindenallee. Seite an Seite mit Sonja schlenderte er die prachtvolle Einkaufsstraße entlang. Seit wenigstens einer halben Stunde waren sie jetzt unterwegs, aber die ganze Zeit über hatten sie nur über geschäftliche Dinge gesprochen. Darüber, wie positiv Svens Vorschlag vorgestern von allen Beteiligten aufgenommen worden war, sogar von Jill Sommerlad und ganz besonders wohlwollend ausgerechnet von Harry Kreisen. Darüber, wie Sven mit erschrockenem Lachen die Vorschusslorbeeren abgewehrt hatte, denn jetzt fange ja die Arbeit erst richtig an. Über die entlegensten Einzelheiten von TranXTruck und dem eAuto hatten sie gesprochen, sogar über die Zukunftspläne von Marcel Korner (dem Mann von der Security), nur über sich selbst, über im entferntesten persönliche Dinge oder über den Zweck dieses seltsamen Spaziergangs hatten sie kein Wort verloren.

Erst als sie vor dem Eingang des Gesundheitszentrums standen, rückte Sven mit der Wahrheit heraus. »Sie erinnern sich doch, Sonja – ich habe Ihnen neulich von Sabine erzählt.«

»Der Frau, der ich so ähnlich sehe.«

»Heute muss sie zweiundvierzig sein – zwei Jahre jünger als ich.«

Sonja warf ihm einen unsicheren Blick zu. »Aber ich verstehe trotzdem nicht, Sven – warum haben Sie mich hierher gebracht?«

»Weil ich Sie um einen riesengroßen Gefallen bitten will – helfen Sie mir zu begreifen, wie Sabine *heute* aussieht. Damit diese Verwirrung in meinem Kopf sich endlich auflöst und mir ganz klar wird, dass ... na ja ...«

Er wusste nicht weiter, und Sonja sah ihn nur von der Seite her schweigend an. Doch glücklicherweise sträubte sie sich nicht, als er sich wieder in Bewegung setzte. Sie traten in die weitläufige Halle, ein elektronisches Informationszentrum zum Themenspektrum Gesundheit, Altern, Krankheitsvorbeugung. Die gesamte hintere Stirnwand war mit interaktiven Monitoren bedeckt, vor denen Trauben von Leuten standen. In der Halle verteilt waren Infosäulen aufgestellt, mit Touchscreens, auf denen man Doku-Filme ansehen und sich in allen erdenklichen Gesundheitsfragen Rat holen konnte.

Eine Weile irrten sie zwischen Leuten und Geräten herum, bis Sven das elektronische Orakel entdeckte. Sie mussten sich in einer kleinen Schlange einreihen, und während vor ihnen ein junges Pärchen unter lautem Gelächter Schreckensbilder seiner selbst produzierte, begann Sonja anscheinend zu verstehen.

»Natürlich können Sie nein sagen.« Sven versuchte entspannt zu lächeln, aber sein Gesicht fühlte sich ziemlich verkrampft an. »Sie würden mir aber einen sehr, sehr großen Gefallen tun.«

Sonja schwieg noch immer. Es war eine eigenartige Lage, in die Sven sie beide gebracht hatte, aber er war entschlossen, das hier bis zum Ende durchzuziehen. Er musste sich endlich von den Gespenstern der Vergangenheit befreien, wie Su es ausgedrückt hatte. Er musste endlich begreifen, auch emotional begreifen, dass Sabine und Sonja nicht ein und dieselbe Person waren – so wenig wie das Stromland vor zwanzig Jahren mit dem heutigen Stromland identisch war. Es würde auch sein Verhältnis zu Sonja leichter machen, er würde nicht länger alles verkomplizieren, weil er Vergangenheit und Gegenwart, Erinnerung und Wirklichkeit durcheinander warf. Vor allem aber würde es ihm erlauben, endlich den Schritt zu wagen, den auch das Intelligente Beobachtungssystem ihm so dringlich empfohlen hatte.

»Wir sind an der Reihe«, sagte Sonja. Ohne ihn anzusehen, trat sie vor das elektronische Orakel. Es sah aus wie ein gewöhnlicher Spiegel, die winzigen Kameraaugen im Rahmen hätte man auf den ersten Blick für eine schmückende Umrandung halten können.

»Bitte nennen Sie Ihren Namen«, verlangte das Orakel.

Immer noch sah Sonja nicht zu Sven hinüber. »Sabine«, sagte sie.

»Hallo, Sabine. Auf dem Display unter Ihrem Spiegelbild sehen Sie verschiedene Symbole und daneben ein Feld mit Zifferntasten. Bitte geben Sie an, wie viel Alkohol

Sie täglich trinken. Tippen Sie auf die Wein-, Bier- oder Schnapsflasche und anschließend auf eine Zahl.«

»Wein – zwei«, sagte Sven, und Sonja tippte auf die entsprechenden Tasten.

»Bitte geben Sie jetzt an, wie viele Zigaretten Sie täglich rauchen.«

»Zwanzig«, sagte Sven.

»Wie viele Kilometer gehen oder joggen Sie täglich?«

»Null.«

»Würden Sie sich als glücklich oder unglücklich beschreiben? Bitte ordnen Sie sich eine Ziffer zwischen eins für glücklich und sechs für unglücklich zu.«

»Fünf.«

Es folgte noch eine ganze Reihe weiterer Fragen zu Ernährungs- und sonstigen Lebensgewohnheiten. Doch schließlich schien die Wissbegierde des Orakels gestillt, während Sven beinahe platzte vor Neugierde, endlich das Ergebnis zu sehen. Den Blick in eine Zukunft zu richten, die Sabines Gegenwart war – oder jedenfalls geworden war, wenn sie den damals beschrittenen Lebensweg nicht rechtzeitig verlassen hatte.

»Vielen Dank, Sabine«, sagte das Orakel. »Bevor Sie auf den Knopf mit der Aufschrift ›Ich in zwanzig Jahren?‹ drücken, bedenken Sie bitte, dass Sie es in der Hand haben, diese negative Entwicklung zu vermeiden.«

»Sonja, vielleicht sollten wir doch besser …«

»Sonja bin ich«, fiel sie ihm ins Wort, »und das da ist Sabine.« Damit drückte sie auf den Knopf, und Sven sah in den magischen Spiegel. Er erblickte Sabine, wie sie heute aussah – abgezehrt und verhärmt –, sah sie voller Rührung und Wehmut, aber auch mit leisem Zorn lange an.

Dann drückte er auf »Löschen«.

Die Lindenallee draußen war in Sonnenlicht getaucht, es schien eine andere Welt zu sein. Eine helle, klare Welt ohne Gespenster aus der Vergangenheit.

»Vielen Dank, Sonja«, sagte Sven. »Morgen fliege ich für ein paar Tage nach Hause – nach Fruchtland«, korrigierte er sich, »zu meiner Familie. Ich will meiner Frau und meinen Kindern vorschlagen, nach Stromland zu ziehen.«

14

Sven hatte schon Jobs in vielen verschiedenen Ländern übernommen, in Berganien und Zenonia, Größtland oder Zuckerhutland, und nach einigen Wochen oder Monaten hatte er sich jedes Mal gefreut, nach Fruchtland zurückzukehren. Das quirlige Land mit seinen immer optimistischen Bewohnern, die für jedes Problem sofort eine unkonventionelle Lösung fanden, war ihm im Lauf der Jahre ans Herz gewachsen – und dennoch hatte er sich in Fruchtland nie ganz zu Hause gefühlt. Und als er nun am Airport der fruchtländischen Hauptstadt aus dem Flieger stieg, mit dem dröhnenden Shuttle-Bus zum Terminal rumpelte und durch die Ankunftshalle mit ihren herkömmlichen Werbe- und Info-Displays ging – da kam ihm Fruchtland mit jedem Schritt etwas weniger großartig und fortschrittlich vor.

Anstatt entspannt und pfeilschnell mit der Magnetschwebebahn zu reisen, war er wieder mal zwölf Stunden lang von einem fruchtländischen Billigflieger durchgeschüttelt worden. Und als er nun endlich im Taxi saß, das sich mit röhrendem Motor über den Highway mühte, da konnte er selbst kaum mehr glauben, dass er gestern noch im lautlosen eCoupé gefahren war oder am Seestädter Flughafen vor einer interaktiven Wand gestanden und sich auf einem Touchscreen durch die neuesten Nachrichten aus Fruchtland geklickt hatte.

Dafür war das Wetter hierzulande wie immer angenehm warm, der Himmel blau, während es in Seestadt aus grauen Wolken gegraupelt hatte, als Sven gestern abgeflogen war. Früher hatte Su ihn mit den Kindern meistens am Airport abgeholt, wenn er von einem längeren Auslandsaufenthalt zurückgekehrt war. Aber da sich die fruchtländischen Flugzeuge fast immer verspäteten und die Straßen in der Hauptstadt ständig überlastet waren, hatten sie diesen schönen Brauch schon vor Jahren notgedrungen abgeschafft.

Der Taxifahrer half ihm, seine riesigen Koffer bis zur Haustür zu tragen, tippte an seine Mütze und verschwand. Seufzend kramte Sven nach seiner Schlüsselkarte. Warum gab es nicht auch hier in Fruchtland die Möglichkeit, das Gepäck direkt vom Flieger nach Hause bringen zu lassen? Er fand die Karte, wuchtete seine Koffer in die Liftkabine und fuhr zu ihrem Appartement über den Dächern der Altstadt hinauf.

Was sich hier eben so Altstadt nannte. Vor zweihundert Jahren war hier alles noch wuchernde Wildnis gewesen, vor hundertfünfzig Jahren hatten die ersten Siedler Wälder gerodet, hölzerne Wohnhäuser zusammengezimmert.

Sei nicht ungerecht, dachte Sven. Übermächtige Traditionen konnten ein Land auch erdrücken, die Zuversicht und Tatkraft eines ganzen Volkes lähmen, wie es in Stromland tatsächlich geschehen war. Aber aus seinen besten Traditionen und aus seiner eigenen Geschichte konnte ein Land auch die Kraft und Disziplin zu einem furiosen Neubeginn gewinnen, die Fähigkeit, sich selbst neu zu erfinden. Und auch das war wundersamerweise in der jüngsten Vergangenheit in Stromland geschehen.

Sven umarmte und küsste Su, und noch bevor die Wohnungstür hinter ihm ins Schloss gefallen war, kam auch Liam herbeigerannt und flog ihm an den Hals. Eigentlich war der Junge über das Alter hinaus, seine Gefühle mit derart kindlicher Offenheit zu zeigen, aber Liam war so aufgeregt, dass er vollkommen vergaß, cool zu sein. Er wollte auf der Stelle alles über das eAuto wissen und über die Magnetbahn und den FC Seestadt sowieso, und gleichzeitig wollte er Sven die Konstruktionsskizzen für einen Hochleistungselektrojeep zeigen, den er im Physikunterricht mit Hilfe einer neuartigen Lernsoftware designt hatte.

»Gib mir eine halbe Stunde Zeit, mich zu erholen«, bat Sven. »Ich brauche einen Kaffee und eine StromfiX, dann bin ich gleich wieder voll dabei.«

»StromfiX?«, wiederholte Su. Dabei strahlte sie ihn auf eine Weise an, als ob sie eine angenehme Überraschung für ihn auf Lager hätte. »Was ist das denn für ein Zeug?«

Und Sven erklärte, dass sie in Stromland eine ganze Reihe neuartiger Biopräparate entwickelt hätten, darunter diese StromfiX-Pillen, die er jetzt allerdings vergeblich in seiner Jacke und den Außentaschen seines Bordkoffers suchte. Während er noch kramte und erklärte und Su ihn so geheimnisvoll anstrahlte und Liam zappelte und bettelte, damit Sven doch gleich mit in sein Zimmer kam, die superkrassen Skizzen angucken, ging irgendwo weiter hinten in der Wohnung eine Tür auf und Barfußschritte tapsten herbei.

»Hallo, Sven«, sagte Lena und begrüßte ihn mit einem Klaps auf die Schulter.

»Hi, Herr Laufer«, sekundierte eine etwas tiefere Stimme, und aus dem Halbdunkel des Flurs trat eine dürre Gestalt mit schulterlangen Kupferlocken hervor.

Tim! Den gab's also auch immer noch. Sven begrüßte die beiden freundlich und beschloss im Stillen, zwei StromfiX zu schlucken. Denn für das, was er seiner Familie – und ihrem fuchshaarigen Anhängsel – beibringen wollte, musste er topfit sein und mindestens so aufmerksam wie ein ganzes Intelligentes Beobachtungssystem.

Sie setzten sich auf die Dachterrasse, unter ein großes Sonnensegel, und aus der Straße tief unter ihnen drangen die Geräusche fruchtländischen Lebens empor – Hupen und Rufen, Hämmern, Sägen und lautes, unbekümmertes Gelächter. Und Sven trank seinen Kaffee, schluckte die StromfiX, die er schließlich doch noch gefunden hatte, und begann zu berichten.

»Vergesst alles, was ich früher über Stromland erzählt habe«, sagte er. »Ich wollte es selbst nicht glauben, aber ich habe mich ja mit eigenen Augen davon überzeugt – dieses alte, starre, rückwärts gewandte, mutlose Stromland gibt es nicht mehr.« Stromland heute, das sei die am besten organisierte Gesellschaft, die er überhaupt kenne, sagte Sven. Frei von bürokratischem Wildwuchs, dank einem Staat, der sich auf seine Kernaufgaben zurückgezogen habe. Freundliche, gut ausgebildete, lern- und arbeitseifrige Leute, wohin man auch schaue, ob Manager oder Kofferträger, einfacher Dienstleister oder Geschäftsführer eines Großunternehmens. Und die meisten machten auch den Eindruck, mit ihrem Leben zufrieden zu sein – weil niemand mehr an ein und derselben Stelle festgenagelt, sondern die ganze Gesellschaft beweglich und durchlässig geworden sei, so dass auch Leute aus kleinen Verhältnissen die Chance auf eine erstklassige Ausbildung und herausfordernde, gut bezahlte Arbeit hätten.

In Stromland, sagte Sven, sei man offen für das Neue,

für die permanente Veränderung, praktisch jeder, mit dem er dort gesprochen habe, sei von diesem neuen stromländischen Geist beseelt – zupackend, zuversichtlich, an Lösungen zum Wohl aller interessiert. Bürgersinn und Mäzenatentum ermöglichten ein blühendes kulturelles Leben, mit Theatern, Opern, Orchestern von einer Qualität und Vielfalt, die man sich hier in Fruchtland nicht einmal vorstellen könne. Aber nicht nur habe man in Stromland seine kulturellen Traditionen bewahrt und erneuert, genauso habe man sich dort auf eine zweite, ebenso kraftvolle Wurzel besonnen – auf die großartige Forscher- und Erfindertradition. Ob in der Mobiltechnik oder Elektronik, in der Medizin oder den Naturwissenschaften, überall sei Stromland ja noch vor hundert oder weniger Jahren führend gewesen, und diese großen Traditionen seien nach Jahrzehnten der Lähmung wiederbelebt worden. Ob die Magnetschwebebahn oder das eAuto, ob IT-Spitzentechnologie wie TranXTruck und das Intelligente Beobachtungssystem oder die neuesten bahnbrechenden Entwicklungen auf dem Gebiet der Biologie – ein riesiger Anteil der weltweit erfolgreichen Innovationen komme heute wieder aus Stromland. Und glücklicherweise würden all diese Highend-Projekte in Stromland nicht nur entwickelt, sondern auch von stromländischen Unternehmen produziert, so dass stromländischer Erfindergeist endlich auch wieder der Gesellschaft zugute komme.

In keinem Land, das er kenne, sagte Sven, könne man so komfortabel leben wie in Stromland, nirgendwo stünden die fortschrittlichsten Technologien so breiten Teilen der Gesellschaft zur Verfügung. »Also kurz und gut«, schloss er ein wenig atemlos, »Stromland ist ganz einfach das beste Land, das es heute auf dieser Erde gibt.«

»Mann, Sven, hast uns ja wieder ganz schön zugetextet.« Liam schien wenig beeindruckt. »Von mir aus hättest du gar nicht so viel quasseln brauchen – ich bin sowieso längst der größte Stromland-Fan.« Er sprang von seinem Stuhl auf. »Also kommst du jetzt endlich und schaust dir den eJeep an?«

»Kleinen Moment noch, Liam, bitte.« Su lächelte den Jungen entschuldigend an. »Ich muss doch auch noch schnell meine Neuigkeit loswerden. Also ... Ich hab da gestern ein Angebot bekommen, Sven, eine Video-Mail von ITS – kennst du bestimmt: Intelligent Streets System. Sie entwickeln da gerade so ein hyperkomplexes System zur Lenkung von Verkehrsströmen auf Autobahnen und in Wohngebieten. Sie bieten mir eine Leitungsaufgabe an – superspannende Sache und sehr gut bezahlt. Voraussetzung ist allerdings ... Lena, jetzt guck doch nicht schon wieder so, als ob sich die ganze Welt gegen dich verschworen hätte ... Also, Voraussetzung wäre, dass ich ... dass wir ... für zwei bis drei Jahre auf die andere Erdhälfte ziehen, damit ich an den wöchentlichen Meetings teilnehmen kann. Die finden teilweise in Stromland statt, denn der Hauptsitz von ITS ist ja in Seestadt, und teilweise in Weinland und anderen Außenstellen.«

Lena funkelte ihre Mutter wütend an. »Das lass ich nicht mit mir machen!«, schrie sie. »Ihr könnt doch nicht einfach so bestimmen, wie und wo ich leben soll! Ihr seid so was von gemein!«

»Mann, Su, das ist ja megageil!« Liams Augen strahlten mindestens so hell wie die Fernlichter des eCoupés. »Und damit rückst du jetzt erst raus?« Der Junge schien außer sich vor Begeisterung, er boxte Sven gegen den Arm und ließ sich sogar dazu hinreißen, Su auf die Wange zu küssen, was seit Lichtjahren nicht mehr vorgekommen war. »Also sagt schon, Sven, Su – wann ziehen wir um?«

Lena und Tim erhoben sich und inszenierten einen dramatischen Abgang – mit versteinerten Mienen, ohne einen Blick oder ein Abschiedswort für die erwachsenen Verräter.

»Lena, bitte«, sagte Sven. »Wir reden doch nur darüber – bisher ist ja überhaupt nichts entschieden!« Das Mädchen drehte sich nicht mal zu ihnen um. Im nächsten Moment waren sie im Innern der Wohnung verschwunden. Sven wandte sich an seine Frau. »Und dieses Angebot, Su – würde es dich denn reizen, diesen Job in Stromland zu übernehmen?«

Su grinste ihn an. »Tja, das Problem ist natürlich – wie bringe ich meinen Mann mit seinem Stromland-Trauma zu einem solchen Schritt? Wenn es nur nach mir ginge – ich habe schon lange Lust, mal wieder für eine Weile woanders zu leben. Nichts gegen meine Landsleute – aber die Welt hat doch noch ein wenig mehr zu bieten als ›Wir packen es an‹ und Wochenend-Rodeos.«

Sven schüttelte den Kopf. Es war wirklich kaum zu glauben. Da hatte er den ganzen Flug über gegrübelt, wie er seine Familie dafür begeistern könnte, hier in Fruchtland alles aufzugeben und nach Stromland zu ziehen. Und währenddessen gingen Sus Gedanken schon in die gleiche Richtung …

Er umarmte sie noch einmal, und dieses Mal mit einer Zärtlichkeit, die nicht einmal durch Liams Proteste abzukühlen war. »Ich bin in fünf Minuten bei dir«, versicherte er dem Jungen, der sich leise maulend in sein Zimmer zurückzog. »Du bist großartig, Su«, sagte Sven. »Damals vor zwanzig Jahren war es für uns selbstverständlich, zusammen hierher nach Fruchtland zu gehen. Und diesmal sind wir uns ohne langes Hin und Her genauso einig, zurück nach Stromland zu ziehen.«

»Mehr oder weniger.« Su wirkte auf einmal ein wenig besorgt. »Mit meiner Entscheidung hat es noch ein wenig Zeit, weil das ganze Projekt dort noch in der Entwicklungsphase ist. Aber spätestens in zwei Monaten wollen sie definitiv wissen, ob ich bereit bin, für einige Jahre nach Stromland zu ziehen. Und vorher müssen wir auf jeden Fall klären, ob es da drüben für Liam und für Lena genauso gute Schulen gibt wie hier.«

Er umarmte Su noch leidenschaftlicher. »Jede Wette, dass sie dort sogar noch besser ausgebildet werden – aber das finde ich ganz schnell heraus, wenn ich wieder in Stromland bin.«

Es war eine sehr gute Gelegenheit für eine kleine Beichte. Sven erzählte Su, dass ihm bereits ein weiterer Job in Stromland angeboten worden war. »Auf Empfehlung von Herrn Humin«, sagte er, »und zufällig handelt es sich um eine der besten und fortschrittlichsten Bildungseinrichtungen in Stromland. Wenn ich dort mit den Leuten Kontakt aufnehme, kann ich mich gleich erkundigen, welche die besten Schulen für Liam und Lena sind. Die KompAK sitzt allerdings in Glasturmstadt …«

»Umso besser«, fiel ihm Su ins Wort. »Für meinen IT-Job sollte ich möglichst auch in Glasturmstadt oder Umgebung wohnen.«

»Aber wie bringen wir nur Lena dazu, mit nach Stromland zu gehen?«

Darauf wusste im Moment auch Su keine Antwort.

15

Die untergehende Sonne färbte den Himmel über Glasturmstadt rot und orange. Die lebhaften Farben spiegelten sich in den Fassaden der Büro- und Bankentürme, die in Glasturmstadt dichter gedrängt standen und höher in den Himmel ragten als in jeder anderen Stadt auf dem Kontinent.

Als Sven mit der Magnetbahn in den Hauptbahnhof einfuhr, fühlte er sich ein bisschen kribblig, denn von seinem Gespräch mit Karola Sundersen hing für ihn und seine Familie einiges ab. Fast sechs Wochen waren vergangen, seit er zuletzt in Fruchtland gewesen und mit Su überein gekommen war, dass sie noch in diesem Jahr nach Stromland umziehen würden – falls es hier wirklich gute Schulen für Liam und Lena gab. Nach seiner Rückkehr aus Fruchtland hatte Sven beinahe Tag und Nacht an der PremXLog-Sache gearbeitet, und nach einigen kleinen Dramen und Beinahe-Crashs schienen sie dort allmählich die Zielgerade zu erreichen. Höchste Zeit also, sich endlich einmal mit Frau Sundersen zu treffen.

Bisher hatte er nur ein paar Mal mit Herrn Humins ehemaliger Studienkollegin telefoniert und per Video-Mail einige Vorab-Informationen über die KompAK bekommen, die Akademie für Kompakt- und Intensivbildung, die Karola Sundersen leitete. Während der Bahnfahrt von Seestadt hierher hatte sich Sven außerdem für eine halbe Stunde bei CyXBrain eingeloggt und sich nochmals vor Augen geführt, wie rasant sich die KompAK in den letzten fünfzehn Jahren entwickelt hatte – vom regionalen Institut für berufliche Weiterbildung zu einer der weltweit angesehensten und fortschrittlichsten Bildungsakademien.

Heute beschäftigte die KompAK zwanzig feste Mitarbeiter und konnte darüber hinaus auf ein Netzwerk von ungefähr fünfhundert freien Mitarbeitern aus Wirtschaft, Wissenschaft und anderen Bereichen zurückgreifen. Neben interaktiven Fernstudiengängen in Sprachen und Ökonomie, Informationstechnologie oder Ingenieurswissenschaften bot Frau Sundersens Akademie auch virtuelle Schnellseminare an, die ebenso angesehen und praxisorientiert waren wie die Crashkurse von CyXBrain. »Learning on demand« hatte auch in Stromland in den letzten fünfzehn Jahren rapide an Bedeutung gewonnen. Um Berufe und Tätigkeitsfelder so schnell und häufig wechseln zu können, wie es der heutige Arbeitsmarkt verlangte und möglich machte, mussten die Leute auf genau die Wissenspakete zugreifen können, die sie für ihre neue Arbeit jeweils brauchten – und die KompAK deckte diesen Bedarf so geschickt und kreativ, mit immer neuen, aus vielfältigen Modulen kombinierbaren Seminarangeboten, dass sie im Lauf des letzten Jahrzehnts alle inländischen Wettbewerber ausgestochen hatte und weltweit in die Top Ten der Wissensanbieter vorgestoßen war.

Dabei ließ sich allerdings nicht übersehen, dass das virtuelle Segment der Akademie weitaus schneller wuchs als die klassische Wissensvermittlung in Sommerseminaren oder dreijährigen Vollzeitstudien, bei denen Professoren und Studenten in Schulräumen zusammenkamen. Am Telefon hatte Frau Sundersen Sven erklärt, dass die KompAK diesen herkömmlichen Lehrbereich genauso wichtig nehme wie das boomende HomeLearning über die Internet-Plattform der KompAK. Umso weniger könne sie verstehen, weshalb sich gerade im Segment der persönlichen Wissensvermittlung durch Lehrkräfte und Tutoren seit einiger Zeit die Beschwerden häuften.

Während sich Sven diese Informationen durch den Kopf gehen ließ, stieg er in die Magnetmetro um, die in den unterirdischen Röhren der alten U-Bahn betrieben wurde. Nach nicht einmal fünfminütiger Fahrt hatte er sein Ziel bereits erreicht, denn verglichen mit Seestadt war Glasturmstadt immer noch eine Bonsai-Metropole, wenn auch mit den imposantesten Wolkenkratzern weit und breit.

An der Station *Alte Wache* fuhr Sven mit der Rolltreppe zurück auf die Erdoberfläche und staunte, wie sehr die traditionsreiche, ihm aus früheren Zeiten noch wohl bekannte Flaniermeile im Herzen der Stadt sich verändert hatte. Die alten Kaufhäuser mit ihrem kunterbunten Warenangebot, für das sich schon vor zwanzig Jahren immer weniger Leute interessiert hatten, waren allesamt geschlossen, die Gebäude abgerissen worden. An ihrer Stelle ragten gigantische Hochhäuser in den Abendhimmel – Niederlassungen von Banken und Großunternehmen aus aller Welt. Im Erdgeschoss der Glastürme aber gab es schicke Cafés und Restaurants mit Spezialitäten aus allen Ländern und sogar Boutiquen, in denen man Kleidungsstücke noch persönlich anprobieren und sich umschneidern lassen konnte, wenn man diesen nostalgischen Stil dem modernen eShopping vorzog.

Die meisten Leute in Stromland kauften ihre Kleidung ausschließlich über das Internet. Hierfür schickte man sein virtuelles Alter Ego in einen virtuellen Anproberaum, wo man mit wenigen Klicks die verschiedensten Schnitte, Farben und Stoffe durchprobieren konnte. Diese praktische Form des Kleiderkaufs hatte erst vor wenigen Jahren den Durchbruch geschafft, seit man vom PC aus über ein spezielles Touchpad ertasten konnte, wie sich der Stoff eines Kleidungsstücks auf der eigenen Haut anfühlte – eine weitere Hightech-Leistung aus stromländischen Labors, die danach auch das Kino revolutioniert hatte.

Im Schatten der riesigen Hochhäuser gingen Banker und Manager aus Zuckerhutland, Berganien oder Zenonia in Lokalen und Läden ein und aus, Männer und Frauen, die sich in allen Sprachen dieser Erde unterhielten. Scharen von Einheimischen schlenderten unter den Alleebäumen und redeten im breiten Glasturmstädter Dialekt aufeinander ein. »Ei horsche ma, so geht däs awwer näd!«

Manche Dinge änderten sich eben nie, dachte Sven. Er blieb stehen und loggte sich bei NavigPort ein, um herauszufinden, wie er von der Magnetmetrostation aus zur KompAK kam.

Eine junge Frau mit dunkler Haut und malerischem Gewand tippte ihm auf die Schulter. »Wollen Sie einen Blick in Ihre Zukunft werfen?« Sie hielt ihm ein kleines Gerät mit handtellergroßem Monitor vor die Nase, und er dachte schon, dass es eine Mobilversion des elektronischen Orakels sei. »Legen Sie Ihre Hand flach auf den Bildschirm«, fuhr sie aber fort, »und ich werde aus Ihren Handlinien lesen, was das Schicksal für Sie bereithält.«

Sven lehnte lächelnd ab, überzeugte sich durch einen Blick auf sein Handy-Display, welche Richtung er einschlagen musste, und ließ die junge Frau stehen. Im neuen Stromland warfen selbst die Wahrsagerinnen ihre Kristallkugeln in den Altglascontainer und bedienten sich fortschrittlicher Technologie! Es war einfach großartig, dachte Sven, auch nach fast zwei Monaten überraschten ihn Stromland und seine Bewohner immer noch jeden Tag aufs Neue. Was würde als Nächstes kommen?

Die Antwort ließ nicht lange auf sich warten – ein hoch gewachsener Mann von ungefähr sechzig Jahren trat ihm in den Weg. »Verzeihung«, sagte er, »kennen Sie sich hier aus? Ich suche die KompAK.«

»Dann sollten wir uns zusammentun«, empfahl Sven. »Ich muss auch dorthin – und mein Handy sagt: Davorne rechts in die Amselgasse.«

Der Fremde stellte sich als Meik Stratner vor, Spezialist für religiöse, spirituelle und ethische Fragen. Er sei von einem Berater der KompAK zu einem Gespräch eingeladen worden, nachdem er angeboten habe, Seminare über Jenseitsoffenbarungen durch NMT zu veranstalten.

»NMT?«, wiederholte Sven. »Was hat es denn damit auf sich?«

»Neuro-metaphysische Trance«, erklärte Stratner. »In meinen Seminaren führe ich die Teilnehmer an diese neue spirituelle Technik heran, die ich zusammen mit einem Team von Gehirnforschern und Tiefenpsychologen entwickelt habe. Was man früher nur zum Beispiel bei Nahtoderfahrungen erleben konnte – wie die Seele sich vom Körper löst, durch einen Tunnel ins Jenseits gelangt und dort von Lichtwesen empfangen wird –, das kann durch NMT heute jeder erleben. Die KompAK will prüfen, ob sich ein Programm daraus machen lässt – eMysticism oder so etwas. Und vielleicht lässt sich daraus sogar etwas entwickeln, wodurch die mentale Leistungsfähigkeit gesteigert werden kann.«

Sven war beeindruckt. »Wie sind Sie denn auf diese Idee gekommen?«, wollte er wissen.

»Tja, von Haus aus bin ich Theologe, und in früheren Zeiten war ich sogar mal als Gemeindepfarrer tätig.« Stratner lächelte milde. »Das war damals, als der Staat tatsächlich noch für die Kirchen Steuer eingetrieben hat und die ganze Religion wie ein Staat im Staat organisiert war – mit einem riesigen Apparat beamteter Pfarrer und sonstiger Seelenverwalter. Kaum zu glauben, dass das noch nicht mal zwanzig Jahre her ist ...«

»Aber wünschen Sie sich denn nicht manchmal diese alten Zeiten zurück?«, fragte Sven. »Das war für Sie doch in gewisser Weise viel bequemer. Heute müssen Sie ja offenbar selbst sehen, wie Sie die Leute dazu bringen, Ihre Botschaft anzuhören – und Sie dafür zu bezahlen, dass Sie sie zu einem sündenfreien Leben ermahnen!«

Meik Stratner lachte so laut und herzlich, dass er stehen bleiben und sich verschnaufen musste. »Bequemer vielleicht«, sagte er schließlich, »aber vor allem unendlich frustrierend. Früher haben ich und meinesgleichen meist in leeren Kirchen gepredigt. Wer heute in meine Seminare kommt oder mich als Personal Coach für spirituelle Lebensfragen anheuert – der hört mir jedenfalls aufmerksam zu! Und der weiß am Ende auch ganz genau, wofür er seinen Obolus an mich bezahlt. Hierbei ist übrigens jedem freigestellt, wie viel er oder sie in meinen virtuellen Klingelbeutel wirft.«

Karola Sundersen empfing Sven in ihrem Büro, das hypermoderne Technik auf faszinierende Weise mit antiker

Möblierung verband. Jugendstilsessel vor einer Monitorwand, auf der Seminare aus sämtlichen Fachgebieten der KompAK zu sehen waren, glücklicherweise ohne Ton. Ein Konferenztisch mit verspielten Intarsien, in den ein Touchscreen eingebettet war. Sven nahm auf einem der schnörkelbeinigen Sesselchen Platz. Die Armlehnen waren voll gestopft mit elektronischen Features. Signallampen blinkten, Sensorfelder fingen sein stark verkleinertes Spiegelbild ein. Sven wagte kaum, seine Arme auf die Lehnen zu legen.

Die Leiterin zeigte sich erfreut und dankbar, dass er Zeit gefunden hatte, zu ihr nach Glasturmstadt zu kommen. Noch einmal erläuterte sie ihm, worin das Problem der KompAK bestand. Seit einem halben Jahr hagelte es Beschwerden von Studenten, die sich für Lehrveranstaltungen im klassischen Stil eingeschrieben hatten. Diese Programme würden von erprobten Lehrkräften in Seminarräumen durchgeführt, erklärte Frau Sundersen, und natürlich würden Inhalte und Vermittlungsstrategien laufend den aktuellen Erfordernissen angepasst. Schließlich stünden sie in dem Ruf, immer mit den modernsten Methoden zu arbeiten, und wer die KompAK besuche, erwarte natürlich, dass in den Seminaren alles auf neuestem Stand sei. Und trotzdem seien es im Kern die gleichen Programme und Methoden wie vor ein, zwei Jahren.

»Ich bin ratlos«, schloss Frau Sundersen mit einem Seufzer. »Entweder die Ansprüche und Bedürfnisse der Studierenden haben sich innerhalb weniger Monate grundlegend gewandelt, oder wir haben in unserer Lehrmethodik irgendeine unscheinbare Komponente abgeändert, die seitdem von den Teilnehmern schmerzlich vermisst wird. Aber beides ist mehr als unwahrscheinlich – zumal die Studentinnen und Studenten, wenn wir uns in den Seminaren umhören, überhaupt nicht erklären können, was ihnen da auf einmal so missfällt. Und dennoch ist die Abbrecherquote in diesem Bereich von Juli 2019 bis heute um dreißig Prozent nach oben gegangen – eine Katastrophe! Und ein Rätsel, das ich und alle Verantwortlichen in der KompAK vergeblich zu knacken versucht haben. Es gibt sogar schon einige besorgte Anfragen aus der Wirtschaft und aus Forschungslabors – neben dem Umsatzeinbruch droht uns auch noch ein Imageschaden. Wir müssen also äußerst diskret vorgehen, Herr Laufer, damit sich das Ganze nicht zu einem Flächenbrand auswächst.«

Sven hörte ihr aufmerksam zu und lauschte zur gleichen Zeit in sich hinein. Er hatte das dunkle Gefühl, dass es nicht allzu schwer sein würde, Frau Sundersens Problem zu lösen. Immerhin war er ein erfahrener Experte für Störungen und Reibungsverluste bei zwischenmenschlichen Prozessen und Interaktionen, und er spürte intuitiv, dass die Lösung des Rätsels wieder einmal genau in diesem unscheinbaren Bereich zu suchen war – an der Schnittstelle zwischen Methode und Bedürfnissen, Technik und Mensch.

Er stellte Frau Sundersen noch eine Reihe von Fragen, die Abläufe in den Lehrveranstaltungen betreffend und die hervorstechenden Änderungen bei der Lehrmethodik, die sie in den letzten sechs Monaten umgesetzt hatten. »In den nächsten zwei Wochen«, sagte er schließlich, »bin ich noch mit einem größeren Job in Seestadt beschäftigt und kann mich nur hier und dort für einen Tag oder zwei um Ihre Sache kümmern. Aber was halten Sie von folgendem Vorschlag, Frau Sundersen? Wann immer ich ein wenig Zeit habe, nehme ich an einem Ihrer Seminare teil, schaue mir die tatsächlichen Abläufe an, mische mich unter die

Studierenden und höre mich um. Wahrscheinlich werde ich dem Geheimnis auf diese Weise schon bald auf die Spur kommen – und wenn nicht, können wir in vierzehn Tagen immer noch eine intensivere Zusammenarbeit vereinbaren.«

Frau Sundersen erklärte sich ohne Umschweife einverstanden. Rasch einigten sie sich auf ein Honorarmodell, das einen Tagessatz mit einer hohen erfolgsabhängigen Prämie kombinierte. Und dann endlich konnte Sven mit seinem persönlichen Wunsch herausrücken, der ihm seit Wochen auf der Seele brannte.

»Ich suche eine Schule, Frau Sundersen«, gestand er Herrn Humins alter Studienfreundin, »genauer gesagt zwei – und zwar hier in Glasturmstadt. Für meine sechzehnjährige Tochter, eine hoch begabte Musikerin, und für Liam, meinen technikbegeisterten Adoptivsohn aus Flutland. Sie verstehen schon, Frau Sundersen, wir leben in Fruchtland, und bisher war das alles überhaupt kein Problem – Fruchtland ist ja zu Recht für sein Bildungssystem berühmt …«

Frau Sundersens Lächeln wirkte ermutigend. »Ich verstehe sehr gut, was Sie meinen, Herr Laufer. Aber Ihre Sorgen sind völlig unbegründet – auch das stromländische Schulsystem hat in den letzten fünfzehn, zwanzig Jahren einen Prozess grundlegender Erneuerung durchlaufen. Was halten Sie davon, wenn ich Sie zum Abendessen einlade – ich kenne da ein hervorragendes Lokal mit original Alt-Glasturmstädter Küche … Dort erzählen Sie mir ein wenig von Ihren Kindern, und dann sage ich Ihnen, welche die optimalen Schulen für Ihre beiden sind.«

16

Die Jungs hatten sich im Kreis auf der Wiese aufgestellt und kickten sich einen Fußball zu. Scherzworte flogen hin und her, ihr helles Lachen und die unbekümmerten Stimmen erinnerten Sven an seinen Sohn. Zwei der fünf Jungs hatten außerdem die gleiche Hautfarbe und einen ähnlichen Gesichtsschnitt wie Liam, während die drei anderen aus Stromland oder vielleicht auch aus Berganien zu stammen schienen.

Nachdem er ihnen ein paar Augenblicke lang vom Weg aus zugesehen hatte, ging Sven über die Wiese auf die fünf Kids zu. Die Erde fühlte sich feucht an, es gluckste sogar ein wenig unter Svens Schuhen, aber das war ihm im Moment egal. Als der Ball in seine Richtung geflogen kam, ließ er ihn von der Brust abprallen (was seinem hellblauen Hemd unter dem offenen Jackett nicht besonders gut bekam), dann ein paar Mal auf seiner Fußspitze tanzen und kickte die Kugel zu einem der flutländischen Jungs zurück.

Ihre anerkennenden Blicke waren ihm nicht entgangen. »Geht ihr da drüben in die Schule?«, fragte er in die Runde. Die Kids nickten und kickten. »Ich hab nämlich einen Sohn in eurem Alter, der auch aus Flutland stammt – Liam. Wir wollen demnächst von Fruchtland hierher ziehen, und da interessiert uns natürlich, ob eure Schule okay ist und wie man hier so zurechtkommt, wenn man flutländisch aussieht.«

»Und warum kommt Liam nicht selbst und guckt sich alles an?«, wollte der eine flutländische Junge wissen und kickte den Ball mit einem tückischen Lupfer zu Sven.

»Na ja, noch wohnt er ja in Fruchtland und geht dort zur Schule«, erklärte Sven, während er den Ball unter Kontrolle zu bringen versuchte. »Ich bin in Liams Auftrag hier und soll ihm in einer Video-Mail berichten, was ich herausgefunden habe. Wenn ihr einverstanden seid, nehme ich euch schon mal mit auf.«

Sie nickten wieder, und Sven holte sein Handy heraus, um zu filmen, wie die strom- und flutländischen Kids mit ihm Fußball spielten. Im Hintergrund war die Schule hinter den noch winterlich kahlen Bäumen zu sehen, ein helles, freundlich wirkendes Gebäude mit großen Pausenhöfen, Sportplätzen und einer Reihe von Nebengebäuden.

»Diese Wiese hier und der Ententeich dahinten«, erklärte Sven für Liam, »gehören nicht zur Schule, sondern zu einem öffentlichen Park. Hier in Stromland ist es jetzt acht Uhr morgens, und weil wir alle die erste Stunde frei haben, können wir noch ein wenig rumkicken, bevor es da drinnen richtig losgeht.« Er grinste kurz in die Kamera und hielt das Handy dann wieder so, dass es die kickenden Jungs aufnahm.

Ihre Schule, das Einstein-Technikum, erzählten die fünf, sei eigentlich ziemlich okay. Klar, eine Ganztagsschule, was denn sonst, Mann. Kinder aus praktisch allen Ländern in den Klassen, die meisten natürlich aus Stromland, aber viele auch aus Berganien, Flutland, Zuckerhutland oder Fruchtland. Aber das sei doch sowieso ziemlich egal, ob jemand runde oder schmale Augen habe, braune, weiße, gelbe oder schwarze Haut. »Oder eckige Augen und Metallhaut«, ergänzte ein flutländischer Junge und grinste mindestens so frech, wie Sven es von Liam gewöhnt war.

Cool sei vor allem der Physikunterricht, erfuhr er dann (und schnitt alles, was die Kids sagten, für Liam auf dem Handy mit). In der Schule machten sie jede Menge praktische Versuche, und mindestens einmal im Monat komme jemand aus einem technischen Labor oder aus der Autofabrik zu ihnen in den Unterricht oder sie gingen ihrerseits in ein Labor oder eine Werkhalle, um dort bei Versuchen mitzumachen oder vorgeführt zu bekommen, wie ein neuer Motor oder ein neu entwickeltes Elektronik-Feature funktioniere.

»Sprachen?«, wiederholte einer, als Sven danach fragte. »In der Schule haben wir natürlich Stromländisch, außerdem Größtländisch und Buntländisch und, puh … In welcher Sprache würden Sie denn gern mit uns reden?« Aber da schrien schon alle fünf so schnell und laut auf Stromländisch und Berganisch, auf Flut-, Frucht- und Zuckerhutländisch durcheinander, dass Sven ein wenig schwindlig wurde.

»Okay, okay«, rief er lachend, »ihr lernt jede Menge Sprachen, ich glaub's euch ja. Bitte gib doch Liam jetzt direkt einen Rat«, wandte er sich schließlich noch an den einen Jungen, der ihn besonders an seinen Sohn erinnerte. »Kannst du ihm empfehlen, an eure Schule zu kommen?«

»Spielt er Fußball?«, fragte der Junge zurück und kräuselte argwöhnisch die Stirn. »Und interessiert er sich für Autotechnik? Die spielt nämlich bei uns die Hauptrolle – im IT-Kurs schreiben wir gerade ein Programm, um Autorennen mit einer Weiterentwicklung des eCoupés zu simulieren.«

»Mann, Liam«, sagte Sven, »hast du das gehört?«

»Hi, Liam«, sagte der Junge, »ich bin Kim, und ich fänd's cool, wenn du zu uns aufs Einstein-Technikum kommen würdest. Ruf mich einfach an – Kim Chang, Einstein-Technikum. Du erwischt mich direkt auf meinem Schulrechner. Ich hab mit meinen Eltern bis letztes Jahr in Berganien gewohnt, aber hier in Glasturmstadt ist alles viel cooler. In der Schule gibt's alles, was du dir nur wünschen kannst – spitzenmäßige Physik- und Chemielabors, krasse Sportanlagen und Online-PCs für jeden Schüler. Sogar die Lehrer haben echt was drauf, besser als in Berganien. Aber das Beste von allem sind natürlich meine Freunde hier.« Er kickte den Ball zu dem anderen flutländischen Jungen rüber. »Irgendwie hab ich das Gefühl, dass du gut zu uns passen würdest, Liam – also worauf wartest du noch?«

»Um Himmels willen, feuere ihn nicht auch noch an«, sagte Sven, »Liam kann es sowieso kaum erwarten, endlich nach Stromland zu ziehen. Er ist mindestens so ein Technik- und Fußball-Freak wie ihr.«

Ein melodischer Fünftongong verkündete, dass die zweite Stunde anfing.

Die stellvertretende Schulleiterin führte Sven bereitwillig in der Einstein-Schule herum. Sie hieß Maria Schönheim, war ungefähr in Sus Alter, also Anfang bis Mitte vierzig, und ganz offensichtlich schwanger. Gestern Abend hatte Karola Sundersen noch vom Restaurant aus ihre Kollegin angerufen und Sven für den nächsten Morgen angemeldet. Sven hatte im Hotel übernachtet, einem der höchsten Wolkenkratzer von Glasturmstadt.

»Wir achten darauf, dass es in unseren Klassen ungefähr gleich viele Mädchen und Jungen gibt – zusammen zwischen fünfzehn und höchstens zweiundzwanzig.« Maria Schönheim ließ Sven einen Blick in einen hellen, großen Raum werfen, wo Schülerinnen und Schüler in Liams Alter gerade Sprachunterricht bekamen. Die Pulte waren mit den allerneuesten PCs ausgestattet wie in Liams Schule in Fruchtland, aber außerdem gab es an der Wand einen riesengroßen interaktiven Monitor, vor dem die Schüler gerade in kleinen Gruppen standen, um Lerninhalte abzurufen oder sich durch Multiple-Choice-Tests zu klicken.

»Wir legen Wert darauf, unsere Schüler mit der modernsten Technik zu unterrichten und vertraut zu machen«, erklärte Frau Schönheim. »Aber wir hüten uns auch vor allen Übertreibungen, was das computergestützte Lernen angeht – das tollste eLearning-Programm kann den leibhaftigen Lehrer oder die Lehrerin nicht ersetzen, sondern immer nur unterstützen. Schließlich geht es ja auch darum, die sozialen Fähigkeiten und die emotionale Intelligenz der Schüler zu fördern, damit sie in jeder Hinsicht zu Persönlichkeiten reifen. Und so versuchen wir, bei allem das rechte Maß zu wahren. Kinder aus anderen Kulturen werden bei uns anfangs besonders sorgfältig betreut, damit sie sich leichter eingewöhnen können. Aber wir sorgen auch dafür, dass das Mischungsverhältnis in den einzelnen Klassen stimmt – nicht mehr als ein Drittel ausländischer Schüler und ein waches Auge für jedes Anzeichen von Gettobildung. Natürlich schließen sich Kinder gleicher Herkunft gern zu kleinen Gruppen zusammen, und dagegen ist auch überhaupt nichts zu sagen – aber alle sollen füreinander offen bleiben, darauf legen wir großen Wert. Genauso wie wir natürlich versuchen, alle Talente und Interessen unserer Schüler gleichermaßen zu fördern – Sprachen, Naturwissenschaft und Technik, künstlerische Kreativität, soziale Kompetenz oder Sport.«

Sven war begeistert von dem, was er da zu sehen und zu hören bekam. Mit Frau Schönheims Einwilligung machte er noch ein paar Videoaufnahmen von einigen Räumen in der Schule, von den eindrucksvoll ausgestatteten Physik- und Chemieräumen genauso wie vom Sportbereich, in dem es jede Menge Ballspielplätze, ein Hallenbad und eine überdachte Leichtathletikanlage gab, auf der Sven am liebsten gleich selbst ein paar Runden gedreht oder sich im Weitsprung versucht hätte. Aber mit seinen schlammbespritzten Schuhen und dem Ballabdruck auf seiner Hemdbrust hatte er sein Äußeres für heute schon genug ramponiert.

»Wir würden uns sehr freuen«, sagte Frau Schönheim zum Abschluss ihrer kleinen Führung, »wenn wir Ihren Sohn für das Einstein-Technikum gewinnen könnten. Unsere Info zur Aufnahmeprüfung sende ich Ihnen gleich heute noch per Mail. Das Schulgeld ist entsprechend den wirtschaftlichen Möglichkeiten der Eltern gestaffelt, und natürlich gibt es für Kinder aus einkommensschwachen Familien auch eine Reihe von Stipendienplätzen. Erfreulicherweise werden wir von den drei größten stromländischen Autoproduzenten gesponsert, außerdem von einer Glasturmstädter Bürgerstiftung, die es sich zum Ziel gesetzt hat, die kostbarste Ressource unserer Gesellschaft bestmöglich zu fördern – unsere Kinder.«

Sie fuhr sich mit einer beiläufigen Geste über den Bauch, und Sven dachte an einen Artikel, den er vor ein paar Tagen gelesen hatte. Noch vor zwanzig Jahren waren in Stromland so wenige Kinder zur Welt gekommen, dass man in der Wissenschaft sogar schon das alsbaldige Aussterben der

Stromländer diskutiert hatte. Aber in den letzten zehn Jahren war die Geburtenrate hierzulande wieder kräftig angestiegen, was einerseits auf »den neuen Geist der Zuversicht« zurückzuführen sei, andererseits auf die endlich geschaffene Möglichkeit, Kinder ab dem zweiten Lebensjahr ganztägig durch bestens qualifizierte Erzieherinnen betreuen zu lassen. Auch die Gebühren für die Kinderkrippenplätze waren nach sozialen Gesichtspunkten gestaffelt, so dass dieses Angebot allen Einkommensgruppen zugute kam.

»Und jetzt noch eine Neuigkeit, Liam, die dich vermutlich ganz besonders interessiert.« Maria Schönheim schaute direkt in Svens Handy-Kamera. »Unsere Schule hat gerade eine Vereinbarung mit BeAT getroffen, dem Hersteller des eCoupés. Im Herbst, wenn das neue Schuljahr anfängt, macht deine Jahrgangsstufe eine Exkursion nach Hilfoding, wo die neuen Autos gebaut werden. Dort könnt ihr bei Testfahrten mitmachen und bekommt in der Fertigungshalle gezeigt, wie das eCoupé zusammengebaut wird. Außerdem bietet BeAT ab dem nächsten Jahr exklusiv für unsere Schule Praktikumsplätze an – wir werden einen Wettbewerb veranstalten, und die fünf Besten können im Frühjahr eine Woche lang in Hilfoding mitmachen, wenn das eCoupé gebaut, getestet und weiterentwickelt wird.«

Sven schaltete seine Handy-Kamera aus. »Herzlichen Dank, Frau Schönheim«, sagte er. »Ich frage mich, ob ich es überhaupt riskieren kann, Liam dieses Video zu schicken. Wahrscheinlich steigt er sofort in den nächsten Flieger und schlägt sich auf eigene Faust bis zum Einstein-Technikum durch.«

Sven beschloss, seinen Aufenthalt in Glasturmstadt zu verlängern. Er telefonierte kurz mit Karola Sundersen und bat sie, ihm eine Liste ihrer Seminare zu schicken, die er heute und eventuell auch morgen inkognito aufsuchen könnte, um dem Geheimnis der emporgeschnellten Abbrecherquote auf die Spur zu kommen. Danach telefonierte er mit Sonja Brückner (die er seit ihrem Pilgergang zum eOrakel nie mehr mit Sabine vermischt oder verwechselt hatte, weder in Gedanken noch in Gefühlen) und erfuhr, dass er problemlos noch ein paar Tage in Glasturmstadt bleiben könnte. Sein Job bei PremXLog näherte sich dem erfolgreichen Ende, die Verhandlungen um letzte offene Detailfragen konnte er auch per Telefon und E-Mail moderieren. Wahrscheinlich würde es sogar ausreichen, wenn er erst zum Abschluss-Meeting in zwei Wochen wieder in Seestadt wäre.

Wunderbar, sagte sich Sven und versuchte das leise Kribbeln in seiner Magengegend zu ignorieren. Seit Su und er im Prinzip beschlossen hatten, mit der ganzen Familie nach Stromland umzuziehen, war er kaum mehr von holprigem Herzrasen oder Schweißausbrüchen heimgesucht worden. Und nach dem überwältigend positiven Eindruck, den Liams künftige Schule bei ihm hinterlassen hatte, bestand auch für seinen Magen eigentlich kein Anlass mehr, ihn mit Kribbeln und Ärgerem zu piesacken.

Wenn man davon absah, dass Lena anscheinend gar nichts davon hielt, mit ihrer Familie nach Stromland zu gehen. »Ich lasse mich doch nicht einfach wie so ein Möbelstück ans andere Ende der Welt verfrachten!« Su und Sven bräuchten sich wirklich nicht zu wundern, hatte sie ihnen erst vor kurzem wieder unter Tränen versichert, wenn sie eines Tages spurlos verschwinden würde. Verschwinden – mit Tim?, hatten sich die besorgten Eltern gefragt. Allerdings war Tim, nachdem er eine Weile praktisch schon bei den Laufers gewohnt hatte, in letzter Zeit nur noch selten bei ihnen aufgetaucht, und Su und Sven hatten am Telefon schon ein paar Mal darüber debattiert, was das nun wieder zu bedeuten hatte.

Jedenfalls beschloss Sven, an diesem sonnigen Märzvormittag erst mal eins der Seminare aufzusuchen, die er kurz nach seinem Telefongespräch mit Frau Sundersen auf seiner Handy-Liste vorgefunden hatte. Natürlich hatte Karola Sundersen ihm auch einen Tipp gegeben, welche Schule für Lena hier in Glasturmstadt bestens geeignet wäre. Aber was hat es für einen Sinn, dachte Sven, für Lena die tollste Schule herauszufinden, mit großartigen Musiklehrern und idealer Hochbegabtenförderung – wenn das Mädchen sich weiterhin weigert, mit uns nach Stromland zu gehen?

Einen Moment lang spielte er mit dem Gedanken, sich wieder ein eCoupé zu mieten, aber dann zog er es vor, mit der Magnetmetro zum Campus der KompAK zu fahren. Glasturmstadt war so klein, dass man mit der neuen U-Bahn praktisch jeden Punkt innerhalb einer Viertelstunde erreichen konnte.

Den restlichen Tag verbrachte Sven in Seminaren über die Ökonomie von Innovationsprozessen und die Zukunft der Biometrie. In den Pausen hörte er sich an, was die Studenten über die Vor- und Nachteile des Lehrangebots redeten, stellte ein paar vorsichtige Fragen und hütete sich im Übrigen vor übereilten Schlüssen. Die Studierenden waren zwischen zwanzig und sechzig Jahre alt und kamen ebenso wie die Lehrkräfte aus den unterschiedlichsten Weltgegenden, und zunächst fand Sven die Atmosphäre und den Unterrichtsstil sehr angenehm. Der Lehrstoff war in kleine Portionen aufgegliedert, die abwechselnd durch Referate, Arbeitsgruppen und Tests am Bildschirm vermittelt wurden. Die Dozenten wirkten engagiert und professionell, und mehrfach wurde an die Nachmittagstutorien erinnert, bei denen man das Gelernte hinterfragen und vertiefen konnte. Aber je länger Sven an diesem Tag in den Seminaren saß, desto deutlicher spürte er, dass irgendetwas nicht so war, wie es sein sollte. Nur *was* hier fehlte oder aus der Balance geraten war, wusste er noch nicht, und auch durch seine behutsamen Fragen erfuhr er lediglich, dass viele Studenten dieses Unbehagen teilten.

Erst am frühen Abend, als Sven in seinem Hotelzimmer hoch oben in einem der höchsten Wolkenkratzer von Glasturmstadt saß, schickte er seine Video-Mail an Liam ab. Seltsamerweise hatte er in seiner Mailbox keinerlei Nachrichten von seiner Familie vorgefunden, weder von Su noch von einem der Kinder. Das war praktisch noch nie vorgekommen, seit er hier in Stromland arbeitete, und Sven fühlte sich noch ein wenig mehr beunruhigt als ohnehin schon.

Er rief zu Hause an, erst Sus, dann Liams, schließlich Lenas Nummer, und erreichte überall nur die Voicemail-Box. »Bitte ruft mich bald mal zurück«, sagte er jedes Mal und versuchte, nicht halb so besorgt zu klingen, wie er sich fühlte.

Um acht Uhr ließ er sich vom Catering Service eine kleine Abendmahlzeit aufs Zimmer bringen. Dabei hatte er überhaupt keinen Appetit. Er studierte den Inhalt seiner Zimmerbar, stieß auf eine winzige Flasche mit berganischem Schnaps und entschied sich für fruchtländischen Fruchtsaft, mit dem er zwei Pillen StromfiX herunterspülte.

Zwei Stunden später bekam er einen Anruf auf dem Bildtelefon: Su, schreckensbleich. »Lena …«, sagte sie, und ihre Mundwinkel zitterten so heftig, dass sie nicht gleich weitersprechen konnte. »Sie hat sich vorgestern ganz fürchterlich mit Tim verkracht. Ich glaube, es lief schon seit einer Woche nicht mehr so gut zwischen den beiden. Gestern war er hier und wollte sich mit ihr aussprechen, aber sie hat ihn gleich wieder weggeschickt. Ich glaube, sie hat einen anderen kennen gelernt.«

»Aber so was kommt doch ziemlich oft vor – mit sechzehn«, sagte Sven. »Warum regst du dich denn so darüber auf?« Eigentlich war es doch eine gute Nachricht, dass Lena nicht länger glaubte, wegen diesem Tim für immer in Fruchtland bleiben zu müssen.

»Gestern Abend ist sie noch mal weggegangen.« Su fuhr sich mit einem Taschentuch über die Augen. »Bis jetzt ist sie nicht zurückgekommen, und in der Schule ist sie auch noch nicht aufgetaucht. So was hat sie doch noch nie getan! Sven, ich weiß einfach nicht, was wir jetzt machen sollen. Ich hab in ihrem Zimmer nachgesehen – Lena hat einen Koffer voller Kleider, außerdem ihre ID-Card und stapelweise Klaviernoten mitgenommen. Es sieht wirklich so aus, als ob sie abgehauen wäre – vielleicht mit diesem fremden Jungen, den sie in den Ferien am Strand kennen gelernt hat, aber nicht mal das wissen wir genau.«

»Wie heißt der Junge? Ist er aus ihrer Schule?«, fragte Sven.

Su schüttelte den Kopf. »Luis, glaub ich. Oder Leo? Aber wie auch immer, den Nachnamen weiß ich sowieso nicht. Lena hat nur erzählt, dass er vor kurzem hier ins Viertel gezogen ist – und, ach ja, dass er auch Musiker ist. Cellist, hat sie, glaub ich, gesagt.«

Besorgt und ratlos sahen sich die beiden über eine Entfernung von fünfzehntausend Kilometern an.

»Lass uns noch ein paar Stunden warten«, schlug Sven schließlich vor. »Zumindest bis es bei euch Mittag ist – wahrscheinlich meldet sich Lena bald schon bei dir.«

»Glaubst du, Sven?«

»Bestimmt, Su«, sagte Sven und guckte seine Frau so ermutigend wie möglich an.

17

Die telefonische Moderation der PremXLog-Sache hielt Sven den restlichen Tag und den halben folgenden in Atem. Im Stillen schimpfte er auf Harry Kreisen, der auf den letzten Metern die Nerven zu verlieren schien. Aber eigentlich war er für jede kleine Komplikation dankbar, die seine Aufmerksamkeit als Moderator forderte und ihn von seinen privaten Sorgen ablenkte.

Lena war jetzt seit zwei Tagen und Nächten verschwunden. Die fruchtländischen Behörden waren nicht bereit, zu diesem Zeitpunkt schon eine Suche nach dem Mädchen einzuleiten, denn mit ihren fast siebzehn Jahren war Lena nach fruchtländischem Recht volljährig. Erst wenn sie auch nach dem dritten Tag nicht wieder auftauchte, weder in der Schule noch bei ihrer Familie, würde die Polizei eine Vermisstenfahndung einleiten.

Fast eine Stunde lang tigerte Sven in seinem Glasturmstädter Hotelzimmer auf und ab und schaute alle zwei Minuten in seiner Mailbox nach, ob Su oder Lena sich bei ihm gemeldet hätte. Dann hielt er die Warterei nicht länger aus, sah auf seiner Handy-Liste nach, wann das nächste Seminar begann, und fuhr mit der Magnetmetro hinaus zum Campus der KompAK.

Im Seminarraum herrschte wieder diese Atmosphäre

ungreifbaren Unbehagens. Nach der Veranstaltung schloss sich Sven einer Gruppe von Studenten an, die in der Cafeteria zu Mittag essen wollten, stichelte diesmal etwas forscher gegen die Lehrmethoden der Akademie und erntete wieder nur Schulterzucken. »Irgendwas läuft hier falsch«, sagte einer. »Die KompAK steht im Ranking ganz oben, hat die besten Dozenten, Top-Angebote, jede Menge Tutoren und neueste Technik – eigentlich alles, was man sich wünschen kann. Aber gleichzeitig geben sie einem irgendwie das Gefühl, nicht willkommen zu sein.«

Sven beschloss, auch am Tutorium teilzunehmen. Bis dahin blieb ihm noch eine halbe Stunde Zeit, die er sich mit einem Spaziergang durch den kleinen Park neben dem Campus vertrieb. In seiner Mailbox fand er nur eine karge Nachricht von Su (»Von Lena nichts gehört, aber mach dir keine Sorgen, ich melde mich, sowie es Neuigkeiten gibt«) und jede Menge berufliche Mails – eine etwas gelassener klingende Nachricht von Kreisen, weitere Info-Materialien von Frau Sundersen, ihre Lehrangebote betreffend, und als Letztes in der Liste eine knappe Nachricht, die Svens Pulsschlag steil nach oben trieb.

Er setzte sich auf eine klamme Parkbank.

HALLO, SVEN, ALTER STUDIENFREUND – HAB IN LETZTER ZEIT SEHR VIEL GUTES ÜBER DICH GEHÖRT. BIST DU AN EINEM WIRKLICH HERAUSFORDERNDEN JOB INTERESSIERT? DANN SOLLTEN WIR UNS TREFFEN. RUF MICH DOCH MAL AN, ICH BIN GERADE IN UNSERER ZENTRALE IN GLASTURMSTADT. GRUSS, LARS FLÜSSEN

Ach du liebe Güte, dachte Sven. Er fühlte sich irrsinnig geschmeichelt, aber seinen ohnehin schon angegriffenen Nerven tat diese Mail nicht unbedingt gut. Vor zwanzig Jahren hatte Lars Flüssen dieselben Biologieseminare in Seestadt wie Sven und Marius besucht. Im Unterschied zu ihnen beiden hatte Flüssen sein Studium beendet und noch vor dem Examen damit begonnen, die stromländische Biotech-Branche umzukrempeln. Sven hatte Lars immer sehr bewundert und auch ein wenig gefürchtet, denn Flüssen war ein Mann von einschüchternder Intelligenz und unbändiger Willenskraft, der mit seinen Ansichten und Urteilen niemals hinterm Berg hielt.

Vor zehn Jahren hatte er LifeXTech gegründet, ein Unternehmen, das auf die Entwicklung menschlicher Organe und anderer Körperteile auf der Basis körpereigener Zellen des Patienten spezialisiert war. Sven hatte erst vor ein paar Wochen eine Reportage über den kometenartigen Aufstieg von LifeXTech gelesen. Mittlerweile war Flüssen stromländischer Marktführer, und weltweit gehörte LifeXTech zu den innovativsten und am schnellsten wachsenden Biotech-Firmen. Auch die Vitalweste, die Sven für seine Untersuchung durch Dr. Sonnleit angezogen hatte, stammte aus Lars Flüssens Labor. Nicht zuletzt aber galt Svens alter Studienfreund, der vor kurzem auch noch über regenerative Medizin promoviert hatte, als ein Wortführer und eine der treibenden Kräfte des Erneuerungsprozesses, durch den Stromland in den letzten fünfzehn Jahren aus seinem Dornröschenschlaf geschüttelt worden und wieder in die Spitzengruppe der erfolgreichsten Wirtschaftsnationen vorgestoßen war.

Fröstelnd erhob sich Sven von der Parkbank. Immer noch keine Neuigkeiten von zu Hause. Er beschloss, Lars anzurufen.

Unter der Nummer aus Flüssens Mail meldete sich eine

junge männliche Stimme. »Ich bin Marian Steiger, Lars' Assistent. Vielen Dank, Herr Laufer, dass Sie so schnell zurückrufen. Lars hat mich gebeten, mit Ihnen einen Termin zu vereinbaren.«

Sven war einverstanden, Lars Flüssen noch am heutigen Tag zum Abendessen zu treffen. Das Restaurant »Glasturmstädter Hof« war nur wenige Schwebebahn-Minuten von seinem Hotel entfernt. »Ich soll Ihnen unbedingt ausrichten«, sagte der Assistent noch, »wie sehr Lars sich auf das Wiedersehen mit Ihnen freut.«

»Das geht mir genauso«, sagte Sven.

Kaum hatte er das Gespräch beendet, da fiel ihm wieder Lena ein. Er fragte sich zum tausendsten Mal, wo das Mädchen jetzt sein mochte. Ob sie weggelaufen war, um Su und ihn wegen ihrer Umzugspläne zu bestrafen? Aber das ergab keinen Sinn, denn ohne ihren Tim hatte Lena ja überhaupt keinen Grund mehr, sich mit Händen und Füßen gegen Stromland zu wehren. Mehr oder weniger alle Leute, die in Fruchtland aufgewachsen waren, stürzten sich in alles Neue mit größter Begeisterung hinein, und auch Lena war doch unter Herrn Humins Obhut immer experimentierfreudiger geworden. Aber wann immer Sven ihr in den letzten Wochen erzählt hatte, dass die klassische Musik auf der ganzen Welt nirgendwo angesehener sei und mehr gefördert werde als in Stromland, hatte das Mädchen nur mit trotziger Abwehr reagiert.

Sven war froh, als das Tutorium für die Biometriestudenten der KompAK anfing. In einem Saal mit ungefähr hundert PC-Arbeitsplätzen hielten sich acht junge Lehrkräfte bereit, Fragen der Studenten zu beantworten. Sven dachte zuerst, dass Frau Sundersen ihre Seminarteilnehmer doch vorbildlich betreuen ließ. Erst nach und nach wurde ihm klar, dass hier eine seltsame Art von Nachbereitung praktiziert wurde. Wenn ein Student eine inhaltliche Frage stellte, bekam er zwar eine informative Antwort, aber jedes Mal wiesen die Tutoren im Anschluss auf das eTutoring-Programm hin, dessen Demoversion auf sämtlichen PCs im Seminarraum lief. Das Programm habe sich in den HomeLearning-Kursen der KompAK tausendfach bewährt, wiederholten die Tutoren immer wieder, und im Gegensatz zu ihnen stehe es den Studierenden vierundzwanzig Stunden am Tag zur Verfügung.

Die Botschaft blieb unausgesprochen und drang umso tiefer ein: Die Studenten sollten aufhören, die Tutoren nach Lerninhalten zu fragen, und dafür lieber lernen, mit dem eTutoring-Programm umzugehen. Tatsächlich wurden auch nur ganz vereinzelt inhaltliche Fragen gestellt. Die meisten Studenten starrten jeder für sich verbissen auf ihren Bildschirm, und wenn jemand einen Tutor um Hilfe bat, dann ging es fast immer um die Anwendung des PC-Programms. Und auch die Tutoren wirkten seltsam lustlos, so als würden sie viel lieber über Lerninhalte mit den Studenten sprechen. Aber aus irgendeinem Grund drehte sich fast alles um das eTutoring-Programm, von dem anscheinend auch die Tutoren nicht allzu viel verstanden und hielten.

Für die Dauer ihres Studiums konnten sich die Teilnehmer ohne zusätzliche Kosten ins Netz der KompAK einloggen und das Programm aufrufen. Anscheinend handelte es sich also um einen zusätzlichen Service, auf den die Studenten gratis zugreifen konnten. Aber sie hatten ja den klassischen Studienzweig gebucht, sie wollten also ganz überwiegend durch persönlich anwesende Lehrer unterrichtet werden und sich an persönlich anwesende Tutoren wenden können, wenn es mit ihrem Verständnis einmal haperte.

Sven spürte deutlich, dass er auf der richtigen Spur war. Weil die KompAK den Studenten unterschwellig signalisierte, dass man sie eigentlich lieber in der Home-Learning-Abteilung sehen würde, fühlten sich viele von ihnen im klassischen Lehrbereich so unwohl und wenig willkommen. Gleichzeitig konnte aber dieses Unbehagen weder ihnen selbst noch den Verantwortlichen bei der KompAK so ohne weiteres bewusst werden, denn dem Anschein nach wurden ja alle Erwartungen erfüllt und alle versprochenen Leistungen erbracht. Es gab engagierte Lehrkräfte und genügend Tutoren, die auch inhaltliche Fragen kompetent beantworteten – aber niemals ohne die Botschaft hinzuzufügen, die dem Fragenden das Gefühl vermittelte, altmodisch und lästig zu sein.

Sven war sich jetzt sicher, dass dies das Geheimnis der emporgeschnellten Abbrecherquote war: Die KompAK war hier ganz einfach über das Ziel hinausgeschossen. In ihrer Begeisterung für die neuesten Lehrtechniken hatte sie den menschlichen Faktor vernachlässigt und sozusagen zur Fassade degradiert – so ungefähr, sagte sich Sven, wie auch die Jugendstilmöbel in Frau Sundersens Büro bloß als Dekoration ihrer Hightech-Schaltzentrale dienten. Aber wer sich für den klassischen Lehrbereich einschrieb, der wollte eben, dass ihm die Dozenten und Hilfskräfte auch wirklich zur Seite standen – als Lehrer, nicht nur als Instruktoren für Computerprogramme, die sie selbst ersetzen sollten.

Tja, dachte Sven, das sind eben die Probleme, mit denen sich das heutige Stromland herumschlagen muss: Sie bringen so viele Hightech-Systeme auf den Markt, dass die sich gegenseitig in die Quere kommen, wenn man nicht – wie bei PremXLog und der StromTelX – alles sorgfältig koordiniert. Und im Zweifelsfall ist Stromland heute zu fortschrittlich, zu stürmisch bei der Einführung allerneuester Techniken – wie Frau Sundersens KompAK –, während das frühere Stromland eigentlich fast immer zu träge und im Zweifelsfall eher rückschrittlich war. Aber was sich bei aller Erneuerungsfreudigkeit nun einmal nicht hinwegvirtualisieren lässt und was man folglich auch niemals vergessen und übersehen sollte, das ist der Mensch mit seinen Bedürfnissen und Gefühlen.

Womit er wieder bei seinen privaten Kümmernissen war. Bei Lena, die offenbar immer noch nicht aufgetaucht war, jedenfalls fand Sven wiederum keine Nachricht aus Fruchtland in seiner Mailbox vor, nachdem er den Campus der KompAK hinter sich gelassen hatte.

Lars Flüssen war noch größer als in Svens Erinnerung. Ein braunhaariger Hüne mit breiten Schultern und einem jungenhaften Lächeln. Er sprang von seinem Stuhl auf, als er Sven durch das Restaurant auf sich zukommen sah, und schüttelte ihm kräftig die Hand.

»Ich achte sehr darauf, möglichst schlank zu bleiben – mit LifeXTech und persönlich sowieso.« Nach einem flüchtigen Blick in die Karte bestellte Lars eine Salatplatte mit Meeresfrüchten. Sven schloss sich ihm an.

So war es schon damals, in unserer Studentenzeit, dachte er: Lars Flüssen stürmt voran, und viele lassen sich anstecken und mitreißen. Allerdings konnten längst nicht alle mit dem Tempo mithalten, das er im Allgemeinen anschlug – beim Joggen genauso wenig wie im biologischen Labor.

Sie saßen einander gegenüber, an einem Nischentisch im noblen Restaurant des »Glasturmstädter Hofs«. Der

Ausblick auf die Bürotürme mit i
den faszinierte Sven. Auch er fühlt
einem fremden Planeten, wie es in dem Artikel über Brinkmanns eCoupé und das neue Stromland geheißen hatte. Zum Teil kam das allerdings auch durch seine Sorgen um Lena, die immer noch unauffindbar war.

Er hatte Mühe, sich auf Lars Flüssens Worte zu konzentrieren. Schwungvoll schilderte der ihm gerade, wie es derzeit um LifeXTech stand und welche Pläne ihn aktuell beschäftigten. »Unsere Zentrale hier in Glasturmstadt ist in den Augen mancher Wettbewerber einfach ein Witz – fünf Mitarbeiter, mich selbst eingeschlossen, zur Steuerung von Forschung und Entwicklung, Marketing, Vertrieb und Qualitätskontrolle. Aber das reicht vollkommen aus! Wir haben Partnerlabors in allen großen stromländischen und vielen ausländischen Kliniken, auf diese Weise können wir unsere Produkte und Dienstleistungen immer dort anbieten, wo sie gebraucht werden. Den Vertrieb besorgt ein Netzwerk freier Mitarbeiter. Außerdem bauen wir gerade an einem zweiten Vertriebskanal für eine unserer wichtigsten Produktgruppen – die intelligente Kleidung.«

Er lehnte sich zurück und schwieg einen Augenblick, während ihre gigantischen Salatteller serviert wurden. »Für Forschung und Entwicklung«, fuhr Flüssen fort, nachdem er den berganischen Roten probiert und abgenickt hatte, »haben wir einen Vertrag mit dem Forschungslabor der hiesigen Uni, das seinerseits mit einem Dutzend Labors vernetzt ist. Unsere Wissenschaftler entwickeln allerdings keine neuen Produkte – das ist altes Denken, haben wir niemals praktiziert. Die Forscher definieren Anforderungsprofile – was erwartet die Gesellschaft heute und morgen von der präventiven oder auch von der regenerativen Medizin? Auf dieser Basis entwickeln wir dann mit einem Team von Praktikern Produkte – zum Beispiel die Vitalweste oder andere Formen intelligenter Kleidung, die unter anderem permanent deinen Blutdruck überwacht oder den Sauerstoffgehalt in deinem Blut prüft. Apropos Bluttest.«

Er hob sein Glas und prostete Sven zu. »Aber ich rede schon wieder wie ein Wasserfall von geschäftlichen Dingen. Wie geht's dir denn überhaupt so, Junge – verheiratet? Kinder? Das große Glück und das große Geld gemacht da drüben am anderen Ende der Welt? Erzähl doch mal, Svenny!«

So war Sven seit sehr vielen Jahren nicht mehr genannt worden. Er fühlte sich gleich ein gutes Stückchen jünger, aber das kam vielleicht auch durch die Gegenwart dieses Energiebolzens Lars Flüssen. Sven erzählte kurz von seiner Familie und erfuhr, dass Lars auch seit fast zwanzig Jahren verheiratet war und zwei Kinder hatte, Junge und Mädchen, ungefähr so alt wie Lena und Liam. Er sei ganz begeistert davon, wie Stromland sich entwickelt habe, sagte Sven weiter, und sie hätten jetzt tatsächlich beschlossen, noch in diesem Jahr alle vier nach Stromland zu ziehen.

»Liam ist schon Feuer und Flamme für seine neue Schule – das Einstein-Technikum hier in Glasturmstadt. Su hat einen tollen IT-Job angeboten bekommen – dieses neue stromländische Megaprojekt, bestimmt hast du davon gehört: intelligente Lenkung des Individualverkehrs. Nur Lena ist wieder mal unser Wunder- und Sorgenkind in einer Person.«

Sven stocherte in seinem Salat. Seit Lena verschwunden war, hatte er kaum mehr als ein paar Bissen zu sich genommen. Sein Magen war wie zugeschnürt. Er erzählte

Lars von der besonderen Begabung des Mädchens, von den schwierigen Jahren, die sie glücklicherweise hinter sich hatte, und von dem rätselhaften Drama, in das Lena sich selbst und ihre Familie gerade wieder verstrickt hatte. »Anscheinend ist sie abgehauen, weil sie partout nicht mit nach Stromland ziehen will. Wir machen uns wieder mal schreckliche Sorgen«, sagte er.

»Kann ich sehr gut verstehen.« Lars Flüssen schaute ihn mitfühlend an. Er machte ein paar Bemerkungen darüber, wie unersetzlich Familienglück und wie zerbrechlich private Beziehungen seien. Es klang, als hätte auch der große Lars Flüssen auf diesem Gebiet nicht nur positive Erfahrungen gesammelt. Aber während Sven noch seinen Gedanken nachhing, war Lars Flüssen schon wieder zu seinem Lieblingsgebiet weitergestürmt – seinen unternehmerischen Plänen.

»Die Sache mit der intelligenten Kleidung, das ist alles schön und gut«, sagte er, »aber unsere Kernkompetenz liegt ja ganz woanders, wie du wahrscheinlich weißt: Wir sorgen dafür, dass den Leuten neue Körperteile zur Verfügung stehen, wenn ihre alten nicht mehr funktionieren. Haut, innere Organe, Zähne, Knorpel, Knochen – alles aus körpereigenen Zellen der Betreffenden gezüchtet. Abstoßungsreaktionen, Fremdorganverpflanzung – das war gestern! Du brauchst eine künstliche Herzklappe oder vielleicht ein neues Kniegelenk? Kein Problem, mein Freund, überlass uns nur ein paar von deinen Zellen, und wir bauen dir alles nach, was dein Doc bei der Operation auswechseln muss.«

Zwischendurch richtete Flüssen auf seinem Teller Verwüstungen an, schlug Schneisen in Wälle aus Artischockenherzen, tippte nebenher auf seinem Handy herum, das sich mit lautlosem Blinken gemeldet hatte, und sagte schließlich: »Aber wir haben ein Problem, Sven, und darüber wollte ich hauptsächlich mit dir sprechen. Die Sache ist ziemlich vertrackt, aber nach dem, was ich in letzter Zeit über dich gehört und gelesen habe, bin ich sicher, dass du eine Lösung finden wirst.«

Sven schob seinen Salatteller zur Seite. Sein Magen krampfte sich jedes Mal zusammen, wenn er auch nur eine Tomatenscheibe zu essen versuchte. Er beschloss, sich an das frische Brot zu halten, das in einem Korb serviert worden war, duftend und so ofenwarm, als ob er es eben in Inas Bäckerladen gekauft hätte.

»LifeXTech stößt mittlerweile auf den meisten Märkten von Stromland bis Größtland an seine Grenzen«, sagte Lars. »Ob hier im Inland, in Berganien oder Weinmark – es gibt kaum noch Kliniken oder Ärztehäuser, die wir nicht mit unseren beiden Produktgruppen versorgen würden, der intelligenten Kleidung und der regenerativen Medizintechnik. Die Einrichtungen für betreutes Wohnen haben wir auch bald vollständig mit Vitalwesten ausgestattet. Aber seit wir vor ein paar Monaten beschlossen haben, uns den riesigen buntländischen Markt zu erschließen, haben wir ein echtes Problem.«

Teile der buntländischen Bevölkerung hingen einer Religion an, fuhr Flüssen fort, deren oberste Priester in flammenden Predigten erklärt hatten, dass die Nachzüchtung menschlicher Körperteile eine teuflische Sünde sei. Eine Protestbewegung namens »Göttliche Zelle« mache Stimmung gegen LifeXTech, »die gottlosen Menschenzüchter«. Labors und Vertriebsnetzwerke in Buntland, die sich bereit erklärt hätten, mit LifeXTech zusammenzuarbeiten, würden in anonymen Schreiben bedroht und durch

Rund-um-die-Uhr-Mahnwachen eingeschüchtert. Einige buntländische Medien hätten bereits Berichte gebracht, in denen Sympathie für die Position der »Göttlichen Zelle« geäußert werde.

»Aber Bangemachen gilt nicht«, schloss Lars Flüssen mit einer alten stromländischen Redensart. »Wir haben in das Projekt Buntland eine Menge an Energie, Zeit und Geld investiert, und wir sind nach wie vor entschlossen, auf diesem Markt Fuß zu fassen. Nur wie wir das am besten machen sollen – dafür brauchen wir deinen Rat.«

»Hört sich äußerst spannend an.« Sven zerkrümelte ein Stück Weißbrot zwischen den Fingern. »Hört sich sogar ziemlich unwiderstehlich an, offen gesagt.«

An dieser Stelle begann sein Handy heftig zu blinken, und Svens Herzschlag wurde holprig. Er hatte sein Telefon so eingestellt, dass er bei seinem Gespräch mit Flüssen nur für Su oder für Lena zu erreichen war. »Entschuldige, Lars, das hier ist sehr wichtig.« Er klaubte das Gerät mit zitternder Hand vom Tisch auf und riss es an sein Ohr.

»Hi, Sven.«

»Meine Güte, Lena, wo bist du denn?«

»Schalt einfach auf Bildtelefon, dann siehst du's.«

Sven tat wie geheißen, er kam sich vor wie im Traum. Er klappte sein Handy auf und stellte es vor sich auf den Tisch. »Das ist Lena«, sagte er zu Lars Flüssen, »aber ich verstehe nicht …«

»Was verstehst du nicht? Ist doch alles ganz easy.« Auf dem Handy-Display materialisierte sich seine Tochter, aber er erkannte sie erst auf den zweiten Blick. Lena hatte ihre Haare zu einer komplizierten Frisur aufgetürmt und trug ein in allen Farben schillerndes Kleid mit eckig geschnittenem Dekolletee.

»Aber wie siehst du denn aus, Lena?«

»Ja, wie seh ich denn aus?«

»Als ob du gleich auf der Bühne auftreten würdest!«

»Da komme ich ja auch gerade her. Ich wollte dich überraschen, Sven.«

»Mich überraschen. Das ist dir aber wirklich gelungen, Lena!« Dann erst wurde ihm bewusst, wo sich seine Tochter befand. Sie saß auf dem kleinen Sessel in seinem Hotelbungalow. »Aber was machst du um Himmels willen in Seestadt? Und auf welcher Bühne warst du denn?«

»Na, auf der von der Musikakademie, die zu diesem Kulturdom gehört. Der Luis, das ist so ein Typ aus Stromland, den ich in den Ferien am Strand kennen gelernt hab, er spielt übrigens Cello – also der Luis hat mir erzählt, dass es bei ihm zu Hause diese Akademie für Nachwuchsmusiker gibt, die einzige auf der Welt mit so einem Angebot. Also hab ich denen vor zwei Monaten oder so ein Video mit ein paar Sachen von mir geschickt – damals hattet du und Su noch überhaupt keinen Plan, Sven, wohin eure Reise gehen sollte. Aber mir war plötzlich klar geworden: Das ist ja die Chance für mich, eine Top-Ausbildung zu bekommen. Und vor drei Tagen hab ich dann per Mail eine Einladung mitsamt Flugticket und Hotel-Voucher gekriegt und bin halt hierher geflogen. Was hättest du denn an meiner Stelle gemacht, Sven?«

Vielleicht erst mal mit meinen Eltern gesprochen, dachte Sven, verkniff sich aber jede belehrende Antwort. Aus ihrer Sicht hatte Lena ja Recht – er und Su hatten schließlich auch beschlossen, nach Stromland zu ziehen, ohne die Kinder wirklich mitentscheiden zu lassen.

»Und in der Akademie hab ich vorhin Chopin und Mozart vorgespielt«, sprudelte es weiter aus Lena hervor,

»und stell dir vor, Sven – sie haben mich genommen!« Sie strahlte auf dem Handy-Bildschirm, dass Sven fast geblendet wurde. Das war also das »Riesending«, zu dem sie schon vor Wochen dunkle Andeutungen gemacht hatte!, dachte er. Jetzt erst wurde ihm klar, dass das Telefon laut gestellt war und Lars Flüssen den ganzen Wortwechsel mitbekam. »Sie wollen mir einen Vertrag geben, weißt du, Sven, die haben da ein ganz neues Konzept entwickelt«, erzählte Lena weiter, »du wirst von Top-Musikern ausgebildet, unterrichtest gleichzeitig die Jüngeren, kannst bei Aufführungen mitmachen, und damit verdienst du dann die notwendigen Taler.«

»Wahnsinn, Lena!« Vor Erleichterung musste Sven erst mal schlucken. »Bitte hör mir mal einen Moment zu, Mädchen – ich bin gerade in Glasturmstadt in einer Besprechung. Ruf den Hotelservice an, wenn du was zu essen haben möchtest, und ruf vor allem Su an und sag ihr, dass alles in Ordnung ist. Und bleib bitte, wo du bist. Ich bin sehr, sehr erleichtert, Lena, und sehr stolz auf dich. In spätestens drei Stunden bin ich bei dir.«

Lena versprach, alles so zu machen, wie Sven es vorschlug. Auf einmal wirkte sie auch ziemlich erleichtert, dass ihr Abenteuer so gut ausgegangen war. Sie verabschiedeten sich voneinander, und Lenas Abbild erlosch auf dem Handy-Monitor.

»Wenn ich das jetzt richtig mitbekommen habe«, sagte Lars Flüssen, »dann scheint die Tochter aber sehr nach ihrem Daddy geraten zu sein. Nimmt die Dinge lieber selbst in die Hand, anstatt sich irgendwas verordnen zu lassen.«

»Aber zuerst wollte sie gar nicht nach Stromland.« Sven war immer noch ziemlich durcheinander.

»Sag ich ja! Das würde dir doch auch stinken, Svenny – wenn andere einfach so für dich entscheiden, was du zu tun hast. Du wolltest dich damals nicht vom stromländischen Vater Staat entmündigen lassen – und bei deiner Lena war es im Grunde das Gleiche. Nur waren es hier eben die eigenen Eltern, die über ihren Kopf hinweg entscheiden wollten, was das angeblich Beste für sie ist. Also hat sie die Sache selbst in die Hand genommen – und bei der ersten sich bietenden Gelegenheit hat sie dich rechts überholt, mein Lieber. Bravo, Lena – von solchen Leuten kann dieses Land gar nicht genug bekommen.« Und damit war Lars Flüssen schon bei seinem zweiten Lieblingsthema – der Erneuerung von Stromland, die seiner Ansicht nach noch lange nicht abgeschlossen war.

»Stillstand ist Rückschritt«, sagte er, »das gilt nach wie vor. Na klar, wir haben in den letzten Jahren hier im Land ein paar Sachen ganz gut hingekriegt, aber das ist immer noch zu wenig. Unser Headquarter haben wir sogar wieder nach Stromland verlegt, so attraktiv sind hier die Investitions- und Gewinnmöglichkeiten, die Lebens-, Lern- und Arbeitsbedingungen geworden. Und das Beste ist – die Menschen haben sich wirklich verändert. Sie packen an, wollen besser werden, haben keine Angst mehr vor dem Scheitern, versuchen es wieder und wieder, so lange eben, bis sie etwas hinbekommen. Zumindest die meisten.

Aber wer wüsste das besser als du, Sven? Wir leben ja nicht allein auf der Welt. Was wir geschafft haben an Veränderungen, reicht nicht aus. Über Globalisierung redet doch heute schon keiner mehr, die gibt es einfach. Der Wettbewerbsdruck wächst weltweit weiter, und wir scheinen gut aufgestellt zu sein. Mit wir meine ich LifeXTech und Stromland – allerdings nur dann, wenn wir weiterhin besser und besser werden wollen. Und ist es nicht so, dass das Leben dann auch mehr Spaß macht?«

Er hob sein Glas so schwungvoll, dass der Inhalt wie eine rote Sturmwoge in die Höhe schwappte. »Mein Traum von Stromland«, fuhr er fort, »ist eine Gesellschaft, in der die Menschen laufend besser werden wollen – und auch tatsächlich besser werden. Weil sie lernen wollen, sich laufend neu erfinden wollen, sich selbst, aber immer wieder auch neue Produkte und Dienstleistungen. Weil sie hungrig bleiben, Lust am Unternehmen haben und erfolgreich sein wollen – für sich, ihre Freunde und Familien, für Stromland. Mein Traum ist die lernende Gesellschaft, die kreative und offen kommunizierende Gesellschaft mit dynamischen Menschen, dynamischen Unternehmen, einem schlanken, dynamischen Staat. Eine Gesellschaft, die Lust am Besserwerden hat und die niemals vergisst, dass wir alle nur durch Wettbewerb besser werden können – Wettbewerb zwischen den Unternehmen und den Menschen, zwischen In- und Ausland. Und deshalb müssen wir uns auch immer wieder aufs Neue fragen: Sind unsere Bildungseinrichtungen gut genug? Ist unser Staat schlank und gut genug? Sind unsere Unternehmen fit und innovativ und erfolgshungrig, oder haben wir irgendwo Fett angesetzt? Das müssen wir uns und die anderen fragen, unablässig: Wo und wie können wir sie und uns selbst verbessern? Alles muss flexibel bleiben – denn die Welt verändert sich heute so schnell, dass wir durch jedes Stillstehen an wirtschaftlicher Kraft und damit vor allem auch an lebensgestalterischer Freiheit verlieren – jetzt und in Zukunft.«

Er nahm einen kräftigen Schluck berganischen Roten.

»Dafür leben wir doch, nicht wahr, Svenny: für den nächsten großen Schritt? The next big thing? Es geht nicht darum, ein Punktziel zu erreichen, es geht um etwas ganz anderes – das Leben, die Arbeit als mitreißender Strom, als permanenter Prozess der Selbsterneuerung und Innovation. Und wir mittendrin. Klingt anstrengend? Nee, eher verführerisch. Wir dürfen unsere Welt nur nicht als begrenzt ansehen. Und das meine ich nicht primär religiös, sondern vor allem sehr irdisch-konkret. »

Sven hatte Lars Flüssen als faszinierenden Redner in Erinnerung, aber diesmal hatte er so leidenschaftlich gesprochen, als ob er ihm einen letzten Grund geben wollte, nach Stromland zurückzukehren. Doch das war nicht mehr nötig, sie beide wussten es.

Mitternacht war schon vorbei, als Sven vor dem »Atlantis« in Seestadt aus der Magnetbahn stieg. Er fühlte sich ein wenig überdreht nach diesem Abend mit Lars Flüssen – so als ob seine sämtlichen Akkus bis zum Anschlag mit Energie aufgefüllt worden wären. Lars war ansteckend in seiner positiven, zukunftszugewandten Art, aber mehr oder weniger alles, was Sven in diesen knapp zwei Monaten in Stromland erlebt hatte, hatte ihm gezeigt, dass Stromland die allerbesten Chancen besaß, den »nächsten großen Schritt« wieder und wieder zu machen.

Als er in seinen Bungalow kam, war Lena auf dem Sessel eingeschlafen. Bei den Klängen der »Frühlingssonate« kam sie langsam zu sich und rieb sich die Augen. Sie trug immer noch das schillernde Kleid, mit dem sie in der Musikakademie auf der Bühne aufgetreten war, nur ihre kunstvolle Frisur wirkte inzwischen ein wenig ramponiert.

»Ach, Lena, Liebes«, sagte Sven und umarmte seine Tochter. »Bitte überrasche uns noch öfter mit solchen tollen Neuigkeiten – aber stell vorher sicher, dass Su und ich uns nicht zu Tode erschrecken.«

»Ist schon okay, Sven«, antwortete Lena. »Jetzt ruf lieber mal Su und Liam an – die beiden wollen wissen, ob sie endlich die Möbelpacker bestellen können.«